矜持《きょうじ》

警察小説傑作選

今野 敏／佐々木讓／黒川博行
安東能明／逢坂 剛／大沢在昌
西上心太 編

PHP
文芸文庫

○本表紙デザイン＋ロゴ＝川上成夫

矜持《きょうじ》　警察小説傑作選　目次

熾火

今野　敏

1

「中央署から来た地域係のやつ、刑事課に来るらしいぞ」

隣の席の同僚が囁《ささや》いた。

三国俊治《みくにとしはる》巡査部長は、書類仕事を続けながらただ、「そうかい」とつぶやいただけだった。

同僚が続けて言う。

「新しい課長が引っぱったんだろう」

今年、刑事課長が異動になった。新しい課長の名は、増田義次《ますだよしつぐ》。五十歳の警部だ。たしかに彼は中央署から来た。

中央署では、強行犯係長だったという。その間に警部補から警部になり、三国のいる目黒署に移ってきたということだ。

三国は手を止めて同僚のほうを見た。

「いくら刑事課長の引きが強いからって、いきなり刑事にはなれない」

「それがさ、すでにデカ専科を修了しているらしいんだ」

捜査専科講習、通称デカ専科は、刑事になるためには必須《ひっす》だ。だが、誰《だれ》でも受講できるというものではない。

　同僚が続けて言う。

「中央署の署長推薦をもらって、選抜試験を受けたらしい」

　三国は、再び書類に眼《め》を戻した。

「なら、優秀なやつなんだろう」

「でも、三国さん、地域係に目をかけていたやつがいたんでしょう？」

　同僚の言うとおりだった。

　その若者の名は竹下章助《たけしたしょうすけ》。二十六歳の巡査だ。地域係だが、三国にはっきりと刑事になりたいと明言したことがあった。熱心にパトロールや職質を行い、地域の人々の相談にも乗った。その結果、着実に検挙数を稼いでいた。

　何より前向きな姿勢に好感を持った。

　三国は、竹下章助の希望どおり、刑事課に引っぱりたいと思っていた。もちろん、三国だけの力ではどうしようもない。

　そこで、刑事課長に働きかけていたのだ。刑事課長から署長に話が行けば、捜査専科講習を受けるための選抜試験に推薦してもらえる可能性があった。

　この推薦は、年間に署内で一人程度という狭き門だ。

　しっかり根回しをしていたつもりだったが、刑事課長が異動になった。中央署からやってきた増田課長は、中央署から連れてきた若者を刑事にしてしまった。竹下の刑事への道は、増田新課長とこの若者のせいで閉ざされてしまったのだ。

三国は、書類に眼をやったまま言った。

「人事は、俺《おれ》たち下《した》っ端《ぱ》の思惑じゃどうしようもないよ」

それきり、隣の同僚もそのことについては何も言わなかった。

「三国さん。ちょっと来てくれ」

強行犯係長の犬養忠司《いぬかいただし》に呼ばれ、三国は係長席のほうを見た。そこに見慣れない若者が立っている。制服姿ではない。紺色の背広を着ていた。

三国は立ち上がり、係長席に近づいた。

「何でしょう?」

「今度、強行犯係に配属になった安積《あずみ》君だ」

紹介された男は、深々と頭を下げた。

「安積剛志《つよし》巡査です。よろしくお願いします」

「ああ……」

三国は言った。「中央署から来たという……」

犬養係長がうなずいた。

「そうだ。三国さんに彼と組んでもらおうと思ってな……」

なるほど、新人のお守《も》りをしろということだな。三国はそう思った。ベテランは新人や若手と組まされることが多い。教育係というわけだ。

犬養係長が安積に言った。

「刑事のいろはをまず叩《たた》き込んでもらわなきゃな。びしびし鍛えてもらえ」

安積が再び頭を下げる。

「よろしくお願いします」

そうだ。俺は厳しいんだ。音を上げずについてこられるかな……。

正直言って、三国は安積と組むのが嫌だった。こいつのせいで、竹下が刑事になれなかったのだという思いもある。

「じゃあ、さっそくいろいろと説明しようと思いますが、いいですね？」

三国が言うと犬養係長がうなずいた。

「ああ、頼む」

係長に一礼すると、三国は安積に言った。

「こっちへ来てくれ」

強行犯係の島の一番末席が空席だった。そこが安積の席になる。

三国は自分の席の脇《わき》に安積を立たせたまま、刑事の主だった一日の行動を説明した。

「突発的な事件がなければ、それぞれに抱えている事案を継続的に捜査する。事件があって呼び出しがあれば、すぐに駆けつけることになるが、これは地域係もそれほど変わらないと思う。聞き込みなどの捜査に出かけるときは、係長に予定を提出する。そして、その結果を報告する。文書にも残す。……というわけで、刑事はいつも書類を書いている」

「はい」

その類《たぐい》の細々した説明を終え、三国は言った。

「何か質問はあるか？」

「三国さんは、ある地域係員を刑事課に引っぱりたいとお考えだったそうですね」

三国は、この唐突な質問に戸惑った。

「そういう質問をしろと言ったわけじゃない」

「できれば、うかがっておきたいのですが……」

「余計なことを考えずに、仕事に集中しろ」

「自分が今後、目黒署で刑事をやっていくにあたり、これは余計なこととは言えないのではないでしょうか」

怒鳴りつけようか、無視しようか、それとも……。

いろいろと考えた末に、三国は言った。

「増田課長とおまえが来なければ、そいつが刑事になっていたかもしれない」

「その人の名前を教えてもらえますか？」

「聞いてどうするつもりだ」

「知っておきたいんです」

「人事には運不運もある。今回、竹下が不運だったというだけのことだ。おまえが気にすることじゃない」

「竹下というんですね、その人」

「いいから、忘れろ」

犬養係長から集合がかかり、その話はそこまでになった。

強行犯係が追っていた強盗犯の潜伏先《せんぷくさき》が判明した。そのウチコミの打ち合わせだった。

犬養係長が言った。

「潜伏先は、五本木一丁目のアパートだ。明日の夜明けと同時にウチコミだ」

三班に分かれて実行する。係長とベテラン捜査員の二人組がドアをノックする。さらに別の二人組が、少し離れた場所にひかえている。これはバックアップだ。

そして、三国と安積が裏手を固める。潜伏先は、一階の部屋で、縁側からも出入りできる。三国と安積はそちらに回ったのだ。

三国は安積に尋《たず》ねた。

「ウチコミは初めてか?」

「はい」

「いいか、気を抜くな。かといって緊張しすぎてもいけない。自然体で対処するんだ」

「わかりました」

返事だけはいいが、実際はどうだろうな。三国はそんなことを思っていた。どんなに訓練を積んでも、実戦は別物だ。

当日、夜明け前に署に集合した。全員そろったところで、五本木一丁目の現場に出かける。

捜索差押の許可状は、特別の記載がない限り、日の出から日没までしか執行できない。だから、夜明けと同時に捜索を開始するのだ。

周囲はまだ薄暗い。三国が時計を見て言った。

「そろそろ日の出の時刻だ。始まるぞ」

裏手にいるので、係長たちの動きはわからない。突然受令機からベテラン係員の声が聞こえてきた。

「これから、令状を執行する」

三国は、縁側のガラス戸を見つめていた。突然、そのガラス戸が開いて、若い男が飛び出してきた。

三国は反射的に安積に言っていた。

「追え。逃がすな」

「はい」

安積は勢いよく走り出した。さすがに張り切っているな……。三国はその姿を見て、そんなことを考えていた。

被疑者は、三国たちの姿を見ると、慌てて左側に向かって駆け出した。

「待てっ」

安積もそちらに向かった。彼らはすぐに、角を曲がって見えなくなった。三国は、慌ててその角まで駆けていった。それだけで、息が上がった。

角を曲がったところにも、安積と被疑者の姿はなかった。さらに次の角まで行く。そこで、三国は誰かが地面に倒れているのに気づいた。背広を着ている。間違えようがない。倒れているのは安積だった。三国は駆け寄って尋ねた。

「被疑者はどうした？」

安積はすぐに起き上がった。

い。

「すいません。逃げられました」

どうやら揉《も》み合って、突き飛ばされるか投げられるかしてひっくり返ったらしい。

三国は舌打ちした。裏から逃走することを見越して、三国と安積が張っていたのだ。そして、思ったとおり犯人は裏から逃げようとした。

それなのに、犯人を取り逃がしてしまったのだ。とんだ失態だ。三国は苛立《いらだ》ち、安積を怒鳴りつけたくなった。

さぞかし、しょげているだろうと思ったが、意外にも安積は平然としていた。

三国はすぐに犬養係長と無線で連絡を取り合った。

「被疑者が縁側から逃走。繰り返します。被疑者が縁側から逃走しました」

「まだ、それほど遠くには行っていないだろう。あとを追え」

「了解。すぐに追跡します」

三国は、安積に言った。

「何としても被疑者を発見するぞ」

「はい」

安積は被疑者が逃走した方向に駆け出そうとした。

「待て」

三国が言った。「おまえが本気で走ったら、俺はとてもついていけない。一人で行ってくれ。俺はすぐに後を追うから」

「わかりました」

安積は駆けていき、あっと言う間に姿が見えなくなった。

しばらくして、無線で「確保」の声が流れた。先回りした別の班が被疑者を発見して、その身柄を確保したのだった。

三国はほっとした。このまま被疑者に逃走されたら、三国と安積の失策ということになってしまう。

被疑者の身柄を署に運んだ後、三国は安積に言った。

「気を抜くなと言っただろう」

「はい。次は絶対に失敗しません」

「だといいがな」

「だいじょうぶです」

こいつ、めげないやつだな。

三国は思った。落ち込んだ様子はまったくない。こんなやつも珍しい。

それから三日後のことだ。隣の席の同僚がまたないしょ話をしてきた。

「安積が竹下を捕まえて、何か話をしていたらしいぞ」

三国は驚いて聞き返した。

「竹下を捕まえて……？　いったい何を話していたというんだ」

「知らないよ。本人に訊《き》いてみたら？」

「そうしよう」

三国は、安積を廊下の端に呼び出して尋ねた。

「竹下と話をしたらしいな」

安積はまったく悪びれる様子もなくこたえた。

「はい、一度会っておかないと、と思いまして」

「俺は、忘れろと言ったはずだ」

「すいません。忘れることができませんでした」

「何を話したんだ」

「自己紹介をしました」

「それだけか？」

「そして謝りました。自分が目黒署に来たばかりに、竹下が刑事になれなかったのではないかと思いまして……」

三国は舌打ちをした。

「なんて無神経なことを……」

「無神経とは思いませんが……」

「謝れば、それでおまえの気は済むかもしれないが、相手は悔しい思いをするだけだ。それがわからないのか？」

「当然悔しい思いをするでしょうね」

「何だと？」

「でも、もやもやしているよりいいでしょう」

「何がいいと言うんだ」

「人事には運不運があると三国さんはおっしゃいました。竹下もそう思っていたかもしれません。しかし、そのまま放《ほう》っておいたら、もやもやしたものが残ってしまうでしょう。悔しい思いが、上司や人事担当、ひいては警察のシステムにまで及んでしまうかもしれません。それは竹下にとっていいことではありません。それよりも、憎しみの対象は自分であったほうがいい」

　三国は驚いた。

「竹下の憎しみがおまえに向けられればいいと……」

　安積はほほえんだ。

「誰かに先を越されて悔しいと思うくらいでないと、一人前の警察官にはなれない。そうじゃありませんか」

「わかった。もういい」

三国が言うと、安積は礼をしてその場を去って行った。

腹を立てて安積を呼び出した。だが、いつの間にかそんなことは忘れていた。不思議なやつだな……。そのとき、三国はそう思った。


それから三国は一人で署を出て、竹下が担当している交番にやってきた。目黒区東山一丁目にある宿山《しゅくやま》交番だ。

竹下は三国を見て驚いた様子で言った。

「どうしたんですか……」

「ちょっと近くに用事があったもんでな……」

そのとき、たまたま交番には竹下一人だけだったので、三国はさっそく話を切り出した。

「おまえ、安積と話をしたそうだな」

竹下にとっては面白くない話題のはずだ。三国はそう思ったが、意外にも竹下は表情を明るくした。

「そうなんですよ。いやあ、向こうから会いに来たんですけどね……」

「どんな話をしたんだ?」

「俺が安積だと言うので、知っているとこたえました。すると、いきなり頭を下げて、すまない、と言うんです」

「いきなり頭を下げた?」

「ええ。深々と……。彼が目黒署に来たばかりに、自分と三国さんの期待を踏みにじることになったと言いました」

「それで……?」

「思い上がるんじゃない、と自分は言いましたよ。俺が刑事になれなかったのは、おまえのせいなんかじゃない、と……」

「本当にそう思っているのか?」

「いや、最初は安積のせいだと思っていましたよ。でも、本人の顔を見て、頭を下げられたら、そんな気持ちはなくなりましたね。あいつのあまりの潔《いさぎよ》さに笑い出したい気分でした」

三国はうなずいた。

「そうか」

「これで刑事になる道が絶たれたわけじゃありません。安積には負けない。そう思うようになりました」

「そうだな。まだまだチャンスはあるはずだ」

「不思議なやつですね」

「ん……？」

「安積です。あんなに真《ま》っ直《す》ぐで厭味《いやみ》のないやつは珍しい」

三国はただうなずいただけだった。

そうか、竹下も俺と同様に、安積が不思議なやつだと感じたのか……。

2

その翌日のことだ。目黒署管内で、傷害事件が起きた。現場は、ＪＲ目黒駅のそばだ。

ちなみに、被害者は十八歳の少年で、非行少年グループのリーダー格だった。

ＪＲ目黒駅は品川区にあるので、目黒署管内ではない。事件が起きたのはその境界ぎりぎりのところだった。

「名前は、仙波辰郎《せんばたつろう》。無職で、いつも数人でつるんで行動しているということだ」

犬養係長が係員に告げる。「仙波は元暴走族だが、今は族を卒業している。だが、相変わらず素行は悪いと、少年係の者が言っている」

ベテランの係員が言う。

「半グレってやつかね」

「そうだな。仙波には、複数の打撲の跡がある。誰かにボコられたということだと思う」

　別の係員が言う。

「半グレが誰かに殴られたっていうだけのことでしょう。事件にするんですか」

「被害者は顔の骨を折って入院しちまっているし、訴えも出ているんでな……」

「そんなもん、放っておけばいいのに……」

　すると、安積が言った。

「被害者がいるからには、放っておくわけにはいかないでしょう」

　放っておけばいいと言った係員は鼻白んだ表情になったが、安積は平然としていた。

　犬養係長が言った。

「安積の言うとおりだ。放っておくわけにはいかない。全員で目撃情報および、防犯カメラなどの証拠映像を当たる」

　係員たちは、それぞれ二人組で行動を開始した。

　たしかに安積の言うことはわかる。だが、三国もこの事案には、熱意が持てない。他の係員が言ったように、反社会的な集団の一員が、誰かに殴られたというだけのことだ。

そういう連中にとって、殴った殴られたは日常なのだ。暴力の衝動をどうしても抑えられないやつらがいる。暴力そのものが好きでたまらないやつらもいる。

迷惑な存在だが、決して世の中からいなくなることはない。そんな連中が怪我《けが》をするのは自業自得《じごうじとく》ではないか。

三国にはそういう思いがある。

だが、安積はそう思ってはいないようだ。やる気を前面に出して頑張っている。聞き込みも、三国が引っぱられるような恰好《かっこう》だ。

一日中歩き回り、すっかり日が暮れても、まだ聞き込みを続けようとする安積に、三国は言った。

「そんなに入れ込むことはない。他にも捜査員はいるんだ。それとも、手柄を立てたいのか？」

「手柄とかそういう話じゃありません。被害者のことを考えると、一刻も早く犯人を挙げたいじゃないですか」

「その被害者は、一般人じゃない。半グレなんだぞ」

「何だろうが、被害者は被害者です」

「とにかく、いったん署に戻ろう。何か情報があるかもしれない」

「もう少しだけ、聞き込みを続けます。三国さんはどこかで休んでいていいです」

一瞬、その言葉に甘えたいと思った。だが、三国はその思いを打ち消して言った。

「そんなわけにいくか」

結局、それから一時間以上、聞き込みを続けた。おかげで、耳寄りな情報が得られた。

JR目黒駅の近くで聞き込みをしているときのことだ。飲食店を出て来た、見るからに柄《がら》の悪そうな二人組に安積が声をかけた。

短い髪を金色に染めたピアスだらけのやつと、長髪にサングラスの二人組だ。こいつは相手が誰であろうと物怖《ものお》じせずに声をかけるのだな……。三国はそんなことを思っていた。

「この近くで喧嘩《けんか》があったの、知らないかな」

金髪にピアスの若者がこたえる。

「喧嘩っすか？　さあ……」

「半グレの仙波ってやつがやられたんだけど……」

長髪にサングラスのほうが言った。

「ああ、それ、噂《うわさ》聞いたな」

「どんな噂？」

「ジュンがタツローをボコったたって……」

「タツローって、仙波辰郎だね？　ジュンというのは？」

「永瀬《ながせ》隼《じゅん》。まだ高校生だけど、怒らせるとハンパなくおっかないって噂だ」

「仙波辰郎や永瀬隼と面識があるの？」

二人はかぶりを振った。

長髪がこたえた。

「ないない。有名な二人なんだよ。俺、噂聞いただけだから……」

安積が三国のほうを見た。質問を切り上げていいかと、無言で尋ねているのだ。

三国はうなずいた。


署に戻ると、すぐに永瀬隼のことを犬養係長に報告した。

話を聞き終えた犬養が言った。

「防犯カメラの映像を入手した。事件当夜、被害者といっしょに歩いている人物の人着《にんちゃく》が見て取れる。永瀬隼のことを至急調べてくれ。顔写真を入手するんだ。防犯カメラの人物と一致すれば、引っぱれる」

「了解しました」

係員たちは再び、夜の街に出ていった。

その日の午後十時頃に、永瀬隼の人着の確認が取れ、それが防犯カメラの映像の人物と一致することがわかった。

捜査員たちが聞き込んで来た情報によると、永瀬隼も、何人かの非行少年集団のリーダーらしい。

犬養係長が言った。

「非行少年グループ同士の抗争というところか……」

ベテラン捜査員がそれに応じる。

「ま、それでけりがつくでしょう。いずれにしろ、身柄を引っぱって話を聞けばわかりますよ」

「そうしよう。永瀬隼の情報を入手したのは、三国さんたちだ。三国さん、本人から事情を聞いてくれ」

「了解しました」

そうこたえてから、三国は安積に言った。「おまえも同席しろ。記録係だ」

「はい」

午後十時半頃に永瀬隼の身柄が届いた。取調室ではなく小会議室に連れて行き、住所、氏名、年齢、職業を尋ねた。住所は目黒区中町《なかちょう》二丁目。年齢は十七歳。職業は高校生だ。

「仙波辰郎という人、知ってる？」

三国が尋ねると、永瀬隼は、一言こたえた。

「知っている」

「どういう関係？」

「関係はない」

永瀬隼は、必要最小限のことしか言わない。反抗的なわけではないが、愛想《あいそ》がいいわけでもない。高校生とは思えないくらいに、腹が据わっているという印象があった。

なるほど、長髪の若者が言っていたように、怒らせると恐ろしいというのは本当かもしれない。

三国はさらに質問を続けた。

「関係がないということはないだろう。親密な関係とは限らないんだ。敵対するのも関係だ」

「敵対していたわけじゃない」

「じゃあ、どういう関係だね？」

永瀬隼は、三国を見返して言った。

「俺と仙波の関係が聞きたいわけじゃないでしょう。俺は仙波を痛めつけた。その事実が知りたいはずだ」

「じゃあ、仙波に対する傷害を認めるんだね」

「殴ったのは事実だ。それを傷害罪だというのなら、そういうことになる」

三国はうなずいてから言った。

「仙波辰郎は、非行少年グループのリーダーだった。一方、君もそうだ。つまり、非行少年グループ同士の抗争と考えていいのかい？」

永瀬隼は、一瞬の間を置いてからこたえた。

「まあ、そういうことかもしれない」

三国は、安積に言った。

「記録は取ったな」

「はい」

視線を永瀬隼に戻して、三国は言った。

「ここでしばらく待ってもらうことになる。いいね」

永瀬隼は何も言わない。

付き添いの係員と永瀬を残し、三国は安積とともに強行犯係に戻った。

犬養係長に報告する。

「永瀬隼が、仙波辰郎に対する傷害を認めました」

「自供が取れたか」

犬養係長が言う。「いずれにしろ、少年事件だから家裁に送致しなければならないな」

少年事件は基本的に全件家裁に送致だ。

三国はうなずいた。

「これで、一件落着ですね」

犬養係長が言う。

「そうだな。あとは家裁に任せればいい」

そのとき、安積が言った。

「待ってください」

三国と犬養係長は、同時に安積を見た。安積は、真剣な眼差《まなざ》しを二人に向けていた。三国は尋ねた。

「何を待てと言うんだ」

「家裁に送致するのを、ちょっと待っていただきたいんです」

「おまえは何を言ってるんだ？　なぜ待つ必要がある。おまえもその眼で見て、その耳で聞いただろう。永瀬隼は、犯行を認めたんだ。防犯カメラの映像もある」

「本当にただの抗争事件なのでしょうか」

「あいつはそうだと認めただろう」

「認めたわけではありません。まあ、そういうことかもしれないと言ったんです」

「それは、認めたということなんじゃないのか」

「そうとは言い切れないと思います。彼は、何かを隠しているような気がします」

「ばかを言うな。せっかく本人が認めているのに、それを蒸し返そうって言うのか？」

「動機がはっきりしていません。認めているとは言えないでしょう」

「動機だと」

三国は驚き、あきれてしまった。「さっきは被害者のことを考えると、一刻も早く犯人を挙げたいと言ったな。今度は、犯人の動機か」

「そうです」

安積は言った。「動機がはっきりしない限り、彼が本当に罪を認めたとは言えないでしょう」

三国は考え込んだ。

刑事の経験がほとんどない青二才が、何を言っているのか。

こういう場合、そう思うのが普通だ。だが、真剣な安積の表情を見ていると、なんだか、彼が言っていることが正しいような気がしてくる。

たしかに、動機がはっきりしていない。

非行少年グループ同士の抗争だとしても、なにかきっかけがあったはずだ。

他の新参者がこんなことを言うのを聞いたら、三国はひどく腹を立てるだろう。だが、安積だと不思議と腹が立たなかった。

三国はその理由に気づいた。

安積がいつも本気だからだ。

犬養係長が言った。

「どうするんだ、三国さん。家裁に送致すれば、それで事案は手を離れるが……」

三国は犬養係長の顔を見た。

「もう一度、調べさせてください。家裁に送るにしても、もう少し事情をはっきりさせたほうがいいでしょう」

「自供したんだろう?」

「すいません。安積が言うことにも一理あるような気がしてきたんです」

「三国さんが、そう言うのなら……」

三国は、安積とともに、永瀬隼のもとに戻ることにした。

廊下を歩きながら、三国は言った。

「おまえが話を聞いてみるか？」

「はい」

遠慮も戸惑いもない。

三国たちが戻ると、永瀬隼が言った。

「俺はどうなるんだろう？　逮捕されるのかな？」

安積がこたえた。

「罪を認めたし、防犯カメラに被害者といっしょに映っている映像が残っていました。だから逮捕されることになるでしょう。君は少年なので、家庭裁判所に送致されることになります」

「わかった」

三国は安積に言った。

「おい、そんなことまでいちいち説明しなくてもいいんだよ」

「被疑者にも知る権利はあるでしょう」

「いいから、質問を始めたらどうだ？」

安積は永瀬隼に尋ねた。

「仙波辰郎を殴った理由は何です？」

「抗争だよ。理由なんてないさ」

「そんなはずはありません。どんな出来事にも理由はあるはずです」

永瀬隼は、安積の視線を避けるように眼をそらした。三国が質問しているときには、そんなことは一度もなかった。

永瀬隼は三国を真っ直ぐに見返していた。まるで、挑むように。そんな彼が、安積から眼をそらさなければならなかった。

おそらく、力負けしたのだろうと、三国は思った。永瀬隼は、安積の熱心さが苦手なのかもしれない。

「俺たちは、いつでも衝突のチャンスを待っているんだ。どんなことでもきっかけになり得る。だから、今回も特に理由なんてないんだ」

「本当に抗争事件なんですか？」

「どういうこと？　抗争事件じゃなければ何だって言うの？」

「それをうかがいたいのです。あなたは何かを隠しているんじゃないんですか？」

永瀬隼は笑みを浮かべた。余裕を見せたいのだろう。

「俺が何を隠していると言うんだ」

「それを教えてもらいたいんです」

永瀬隼は、一つ深呼吸をしてから言った。

「俺は、仙波辰郎を殴って病院送りにした。それは単純な抗争事件だ。それが事実だよ」

「自分は、あなたが仙波辰郎を殴った理由が知りたいんです」

「あいつがクズだからだよ」

永瀬隼が吐き捨てるように言った。その口調はそれまでとまったく違って、激しいものだった。

それを聞いた安積が言った。

「わかりました。質問は以上です」

そして、三国のほうを見た。三国は立ち上がり、廊下に出た。安積がついてきた。

「どうしてもっと追及しない」

三国が尋ねると、安積はこたえた。

「今の一言で、何か事情があることがわかったからです。もっと事件の周辺を調べなければならないと思います」

たしかに永瀬隼と仙波辰郎の間には何か確執がありそうだ。安積が言うとおり、永瀬隼の一言の口調でそれがわかった。

「わかったよ。あとちょっとだけ、おまえに付き合ってやる。係長に言って、事件を洗い直すことにしよう」

安積は深々と頭を下げた。

「ありがとうございます」

犬養係長は、三国から話を聞くと、気乗りしない様子で言った。

「わかった。被害者と被疑者の両方の周辺を、全員で当たってみよう」

事件の洗い直しが始まった。


「売春の強要……？」

仙波辰郎について調べていた、ベテラン係員の報告を聞いて、犬養係長が思わず聞き返していた。

三国と安積も話を聞こうと、係長席に近づいた。ベテラン係員が説明した。

「ええ、仙波辰郎がある少女に無理やり売春をさせていたというんです。その少女は永瀬隼と同じ学校に通っていて……」

「永瀬隼と彼女は何か特別な関係にあったのか？」

「いや、関係はないようですが、永瀬はその話を知っていたようですね」

三国が言った。

「それが、仙波辰郎を殴った理由か……」

　ベテラン係員が三国を見てこたえる。

「どうやら、そういうことらしい。永瀬隼は、その少女を助けようとしたんだな。そして、仙波辰郎がやったことが許せなかったんだ」

「なるほど」

　三国は安積を見て言った。「それで、クズ野郎か……」

　安積はうなずいた。

「彼が事実を自分たちに告げようとしなかったのは、その少女を守るためなのでしょう。本当のことを話せば、売春の事実が発覚してしまうことになりますから……」

　それから三国は、犬養係長に言った。

「情状を斟酌《しんしゃく》してもらうように、家裁の裁判官に意見書を付けることはできますね？」

「おまえさんが意見書を書くなら、付けてやるよ」

　三国は席に戻ると、安積に言った。

「意見書はおまえが書け」

「え……。自分は判事に対する意見書なんて書いたことがありませんが……」

「書き方は教えてやる。それが俺の役目だ」

「わかりました」

情状を酌量《しやくりよう》してもらえれば、永瀬隼の罪はたいしたものにはならないだろう。

それよりも、仙波辰郎の売春の強要については、生活安全課でさらに調べを進めなければならない。

三国は安積の書き上げた書類をつぶさに読んだ。少々大げさな表現が目立つが、それくらいのほうが、判事には伝わるかもしれない。

何より安積らしいと三国は感じた。

「いいだろう」

安積がほっとした顔で言った。

「文章は苦手なもので……」

「おまえは最初、被害者のために犯人を挙げることに夢中だった」

「はい」

「それで、いざ犯人を捕まえてみると、今度はその動機が気になると言いだした」

「はい」

「見ようによっては、被害者と加害者の両方に肩入れしているように感じられる」

安積は少し考えてから言った。

「自分は、すべての事情を知りたいと思っただけです」

「すべての事情？」

「犯罪の被害者やその家族は辛《つら》い思いをします。同時に、加害者にも止《や》むに止まれぬ事情があることがあるでしょう。それを知る必要があるのだと思います」

普通のやつが言うと、優等生の発言だと感じるだろう。だが、安積は普通ではない。全身全霊でそれを実行しようとするのだ。

三国は苦笑した。

「おまえは、出世できないだろうな」

「そうでしょうか」

「だが、間違いなくいい刑事になる」

安積の表情が明るくなった。

「ならば、出世はしなくていいです」

熱いやつはいくらでもいる。刑事には珍しくない。だが、安積の熱血は伝染する。

まるで熾火《おきび》のように、触れる者に熱が移っていくのだ。こんなやつは珍しい。

刑事として、俺がこいつに教えてやれることなどないかもしれない。

三国は思った。

俺の役目は、こいつの手綱をつねに握っていることだ。
三国は心の中で、もう一度言った。
間違いなくいい刑事になる。

遺恨

佐々木譲

犬には、顔がなかった。

いや、より正確な言い方をするなら、顔と呼ぶべき形がなかった。本来なら頭部の中心であるはずの場所に、肉と骨のミンチがあるのだ。これでは、顔と呼ぶことはできまい。

顔はないが、残った胴体と四肢部分から、それは黄色っぽい大きな犬だとわかる。ラブラドール・レトリーバーのようでもあるが、全体にもう少し筋肉質とも見える。何かべつの大型犬との雑種だろうか。首には、川久保《かわくぼ》の革ベルトと同じくらいの太さの首輪をつけている。

川久保篤《あつし》巡査部長は犬の脇《わき》にしゃがみ、軍手をはめた手でそっと、かつて顔であった部分に触れた。鼻梁《びりょう》から両眼、そして額にかけて、骨が完全に砕けて陥没している。

斧《おの》を叩《たた》きこんだようにも見える。しかし、たぶん銃創だ。わりあい近い距離から散弾銃で撃ったのだろう。

川久保は立ち上がってから、周囲を見渡した。

市街地から五キロほど離れた、一面牧草地の広がるエリアの中だ。目に入る範囲で、人家は農道沿いに四戸見えるだけ。みな酪農家だ。ここは畑作農家の多い町だが、このあたりだけは珍しく酪農エリアなのだ。起伏地が多いせいかもしれない。

川久保の立っている位置からだと、最も近い酪農家でも五百メートル以上はありそうだ。

もう晩秋と初冬の境目とも言える季節だった。牧草地はすっかり色褪《あ》せ、木立の木々の葉は完全に落ちている。風景からは、夏の盛りのときのような旺盛《おうせい》な生命力は失《う》せていた。哺乳類《ほにゅうるい》の死もさほど違和感はなく感じられる。そんな空気の中、犬は農道脇の草地で死骸《しがい》となっているのだった。

「駐在さん」と、川久保の横で男が言った。

自分の犬を撃たれた、と通報してきた男だ。大西という。この近所の酪農家だ。歳《とし》は四十ぐらいだろうか。前髪を伸ばしているせいか、どこか学生っぽい雰囲気がある。

川久保が顔を向けると、大西は言った。

「たしかに昼間は放していたけど、撃ち殺さなくてもいいだろ。こんなむごいことをすることはないだろ」

川久保は言った。

「ああ。キタキツネと間違えたってはずもないな」

「鹿《しか》とも熊《くま》とも間違えないよ。犬がなついてすり寄っていったところを、真正面から撃ったんだ」

この地方は、エゾ鹿猟のために散弾銃を所持している住民は少なくないが、他人の飼い犬を撃つという行為は立派に犯罪にあたる。器物損壊罪だ。いや、犬を撃つという行為そのものが、ほかの重大事件の発生さえも懸念《けねん》させる。きちんと発砲犯を特定し、必要な措置を講じなければならないだろう。

川久保は、制帽を脱いで頭に空気を当ててから、大西に訊《き》いた。

「あんたの犬は、日中はいつも、放されていたんだね?」

「一日じゅうってわけじゃない」大西は弁解するように言った。「朝、ちょっと放してやるのさ。すると近所に散歩に出ていって、三十分もしたら戻ってくる。あとはずっと、牛舎の隅で寝そべってる」

「ひとなつこい犬なのか?」

「愛想よすぎるくらいさ。人間なら、水商売をやらせたいぐらいだ。甘えるのが大好きな犬だ。いままで誰かに牙《きば》を見せたこともない」

「メスなのか?」

「そう。四歳の雑種。ラブラドール・レトリーバーって犬の血が入ってる」

「高い犬なのかい?」

「いや、雑種だから、値段はないだろう。知り合いからただでもらったんだ」

「牛を飼ってる農家さんは、放し飼いの犬は嫌がるだろう」

「いいや。近所から苦情をもらったこともないよ。夜は必ずケージに入れてるし」

「なのに昨日は帰ってこなかった」

「ああ。夜中にどこかで悪さして、こっぴどくやられたのかもしれないと思った。それでさっき探しに出てみたら、こうさ」

農道を、一台の四輪駆動車が近づいてきた。川久保はその車に目をやった。男がふたり乗った車だ。農道に停めた警察車の横を、徐行して通り過ぎてゆく。犬に気がついたのか、助手席側の男が、おやという表情を見せた。

通り過ぎて行くとき、川久保はナンバーを見た。習志野《ならしの》ナンバーだ。ということは、この季節だ、エゾ鹿猟にやってきたハンターなのだろう。この十勝《とかち》地方、いまの時期は本州から毎日のように大勢のハンターが入っているはずである。

大西が、その四輪駆動車を目で追いながら言った。

「撃ったのは、ああいう連中かね。一匹も獲《と》れなかったとき、腹いせに手当たり次第に鉄砲を向けて、弾を撃ち尽くしていくらしいから」

川久保は言った。

「まだ決まったものじゃない。一応器物損壊罪って犯罪になるんだ。犬をきちんと検視していいかな」

「検視？」

「犬の場合は、そうは言わないかもしれない。いずれにせよ、死因の特定が必要になる」

「大学にでも持ってゆくのかい？」

　帯広には畜産大学があるが、ここから六十キロ以上ある。それよりは、隣町の共済組合に運ぶほうがいいだろう。

「いや。共済の獣医に頼もう。あんたのトラックで、診療所まで運べるか？」

「いいよ。だけど、共済の獣医は、牛しか扱ってないだろう」

「検視ぐらいは、やってくれるさ」

　大西は、自分の犬の死骸に近寄って前脚に両手をかけ、引き起こした。ツナギの作業服が、たちまち血で汚れた。

　川久保は犬の後脚を持ち上げた。持ってみると、かなり重さのある犬だとわかった。四十キロ以上はありそうだ。中学生とか、あるいは小柄な女性ほどの体重と言える。

　川久保は、巷間《こうかん》言われている言葉を思い起こした。

　変質者は、小動物を殺すところから社会とずれてゆく。殺害の対象はやがて……。

　そうならなければよいが、と川久保は願った。この事件がハンターの気まぐれで終わってくれるのなら、むしろそのほうがいい。

十一月の月曜日、午前十一時だった。

川久保が勤務する志茂別《しもべつ》駐在所は、人口六千人ほどの志茂別町全域が受け持ち区域である。

川久保が札幌から単身赴任することになったのは、北海道警察本部が、人事面の荒療治にかかった結果だった。道警本部は、「癒着」をおそれるあまり、警察官をひとつの地域や職種に長く留めないことを最優先の原則としたのだ。その結果、方面本部にも所轄《しょかつ》にも専門性を持ったベテラン捜査員がいなくなり、地域の実情に通じた警官もその土地にいなくなる。道警本部はそれを承知した上で、この形式的な「対策」を実施したのだ。

札幌のある所轄署では、この大異動をめぐって現場警察官と幹部とのあいだがこじれにこじれ、四人の警察官が退職届けを出したほどだ。警察機構においては、部下から三下《みくだ》り半《はん》を突きつけられるというのは、管理職の資質を疑われる一大事件である。この事件以降、ほかの署では、絶対に退職警官を出すなと、きわめてナーバスな対応が取られるようになった。だからあのとき、単身赴任以外はできない、という川久保の主張を、上司も呑《の》むしかなかったのだ。

それでもときどき、ひとりきりでの駐在所勤務は難しいと思うことがある。留守のあいだの電話番がいれば、と思ったことも一度や二度ではなかった。大都市の交番では、地域勤務の長い退職警察官を、嘱託の相談員としてそのまま交番に置くことはあるが、それだって費用のかかることだ。こんな小さな町の駐在所では、望むべくもない。もしこの駐在所が、とても単身赴任では対応しきれないほどの多忙となったなら、広尾署も考えてくれるかもしれないが。しかしいまは、大事件が重ならないことを、ひたすら祈るだけだった。

共済組合の家畜診療所から駐在所に帰って、広尾署に連絡した。

川久保の話を聞き終えると、上司にあたる地域係の係長は言った。

「犬だろ。雑種なんだろ。サラブレッドが撃たれたっていうんならともかく、そんなの、ハンターが通りすがりにぶっ放していったからって、うちらが動くようなことじゃないだろう」

面倒臭い、とはっきり言っている口調だった。

川久保は言った。

「散弾銃が使われてるんです。生活安全係が動くべき事件と思います」

「今年は熊が多いんだ。地元の猟友会にはいつ世話になるかわからない。誰か特定できても、厳重注意で収まる話じゃないのかね」

「だけど」

係長は、これで打ち切りとでも言うように、ぴしゃりと言った。

「被害届け、受理しておいて。生安《セイアン》の様子見て、話しておくから」

川久保は、鼻から荒く息を吐きつつ電話を切った。大西には、この件がすぐには捜査とはならないことを伝えねばならない。

大西に電話すると、彼は落胆した調子で言った。

「わかった。被害届けは、明日にでも出しに行く」

川久保は、慰める調子で言った。

「わたしも、近所をあたってみますよ。何かわかるかもしれないから」

「わかってどうなる？」

「すぐにもきちんと捜査すべき、と上の判断が変るかもしれない」

「近所をあたる程度のことなら、おれがやったほうが早いかもしれんぞ」

「大西さん本人がやると、差し障《さわ》りが出るかもしれないでしょう」

「警察が動かないなら、自力でやるしかないさ」皮肉だった。「自己責任ってやつで処理するさ」

このおれにも腹を立てたな、と川久保は感じた。それも無理のないところだとは思うが。

地元猟友会の名簿を取り出して見てみると、十六人の名が書かれていた。銃の所持者がみな猟友会のメンバーとは限らないから、じっさいにはこの町にはもっと多くの銃の所持者がいることだろう。銃の所持者名簿と登録書類は、広尾署・生活安全係のロッカーの中だ。

猟友会メンバーの住所を地図であたりをつけた。大西の牧場の周辺には、四人猟友会のメンバーがいる。この四人をあたってみることにした。

最初は、犬の死骸があった現場にもっとも近い酪農家だ。木崎、という家だった。

木崎は、牛舎の脇の事務所に川久保を通して、椅子《いす》を勧めてくれた。

川久保は、大西の飼い犬が散弾銃で撃たれて殺された件を話して、訊いた。

「昨日のことだと思うんですが、散弾銃の音など聞きませんでした?」

「さあてな」六十を越えていると見える木崎は、白い無精髭《ぶしょうひげ》を撫《な》でながら言った。「重機に乗ってたら、何も聞こえないしな」

「ハンターの姿なんて見ていない?」

「じっさいに鉄砲を構えてない限り、そいつがハンターかどうかわからんだろ」

ハンターには独特のファッションがある、とは思ったが、川久保は質問を変えた。

「この近所にも、散弾銃を持っている家は、多いですよね」

「ああ。おれだって持ってる」

「木崎さんも」

「そうだよ。時効だと思うから言うけど、昔は牛がへたると、自分で処分して埋めた。斃獣《へいじゅう》処理場になんて持っていかなかったからな。だから鉄砲が必要だった」

「最近は使いました？」

「今年はまだだ。もう少したったら、大津のほうに鴨《かも》撃ちに行くつもりだけど」

川久保はもう一度質問の方向を変えた。

「ところで、大西さんの犬は、ご近所迷惑だったりしていませんでしたかね？」

「べつに。うちだって、二匹、昼間は放してる」

「大西さんの犬が、とくべつ誰かとのトラブルのもとになってる、なんてことはないんですね」

「犬のことはともかくとしても」木崎は、何か含みのあるような口調で言った。

「酪農家ってのは、みんなそれぞれ我の強い連中だからな」

「大西さんも、我が強くてトラブルメーカー、ってことですか」

「そうは言ってないよ。おれのことだって、この近所の評判を聞いて回れば、どうのこうの言うやつがいると思うってだけだ」

大西自身にか、それともこの地域にか、どちらなのかはわからないが、何かトラブルめいたものがあるということなのだろう。

四軒目に訪ねた家は、かなりの大規模酪農家だった。ガルバリウム鋼板の屋根と壁の建物群は、酪農家の施設というよりは工場である。乳牛を二百頭以上飼育する規模だ。敷地入り口に看板があって、農業生産法人・篠崎《しのざき》牧場と記されている。

牛舎の向かい側に、住宅らしき建物がふたつ見えた。どちらも和洋折衷の様式の、あまり美しいとは言えぬ建物だ。手前の住宅のほうが大きく、奥の住宅は新しかった。ふたつの建物を、小さな池と和風の庭が隔てている。

手前の住宅の前には、メルセデスの白いセダンが停まっていた。奥の家の前には、銀色の国産四輪駆動車がある。

牛舎の脇《わき》で、青年が一輪車を押していた。キャップを目深《まぶか》にかぶっており、ツナギ服に白い酪農家用のゴム長靴姿だった。

川久保は警察車を停めて下りたってから、一輪車の青年に訊《き》いた。

「駐在の川久保だ。篠崎さんは、いまいるかな？」

青年は一輪車を停めて立ち止まり、頭を振りながら言った。

「わからない。知らない」

質問が聞こえなかったのか？

そう思ってから気づいた。外国人なのか。日本語が話せないのか。

わかった、という意味で青年に手を振ってから、川久保は手前の建物へと向かった。有限会社・篠崎牧場と表札が出ている。つまり、こちらが事務所だ。母屋《おもや》を兼ねているのかもしれないが。

玄関口に立ったとき、中から怒鳴り声が聞こえてきた。川久保は足を止めて聞き耳を立てた。何を言っているかは聞き取れない。ただ、ふたりの男が激しく言い合っている。ふたりとも本気の罵《のの》り合いだ。

ドアを開けるべきかどうか、ためらった。怒鳴り声ではあるが、暴力沙汰《ざた》になっている様子でもない。さほど切迫したものではないのだ。いま入っていっては、バツが悪かろう。川久保はその場で帽子を取り、頭をかきながら周囲に目を向けた。

敷地の奥、巨大な鉄骨造りの牛舎の裏手で、何か工事が行われている。ブルドーザーが動いていた。施設の基礎工事だろうか。

そのさらに奥では、若い男がショベルカーを運転していた。ショベルカーの前面には穴が掘られているようだ。

廃材を捨てているのか？

厳密に言えば、解体工事で出る産業廃棄物は、法規に従って処分しなくてはならない。好き勝手に埋めてよいものではない。だからこれは違法行為だ。

しかし酪農家であれば、ごくふつうに行われていることだ。いましがた木崎も言っていたように、昔は処理場を通さずに牛を処分することだってあたりまえだったのだ。駐在警察官の身では、あまり厳格に対処すべきではないことだろう。少なくともいまは。

住宅の中から響いていた怒声は、ふいに収まった。玄関口の中でひとの動く気配がした。川久保は素早く数歩下がった。

玄関の引き戸を開けて、男が出てきた。三十歳ぐらいの男で、顔が上気している。目がつり上がっていた。目の前の川久保に気づいて、男はぎくりとしたように足を止めた。男は、灰色のツナギの作業服に、濃紺のアノラックを引っかけている。足元は、オリーブ色のゴム長靴だった。釣りが好きな男なのかもしれない。

川久保は訊いた。

「篠崎さんかな?」

相手の男は、険しい顔のままで言った。

「篠崎章一ならおれだ。それとも親爺《おやじ》かい?」

「このうちのご主人さん」

篠崎章一と名乗った男は、鼻で笑った。

「篠崎征男《まさお》なら、事務所の中にいるよ。親爺、何かやったのか?」

「いや、近くで犬が撃ち殺されたものだから、何か耳にしていないかとこの近所を回ってるんだ」

「犬が撃たれたって、鉄砲でかい？」

「散弾銃だ」

「親爺なら、やりかねないな」

川久保は驚いて訊いた。

「ほんとうに？」

相手は首を振った。

「嘘《うそ》、嘘。冗談だよ」

そうは聞こえなかった。

篠崎の息子が四輪駆動車のほうに立ち去ってから、川久保は事務所の玄関の扉を開けた。

建物の中、風除室のすぐ内側は、土足でも入ってゆける造りになっていた。部屋の中央には灯油ストーブがあり、その後ろの壁には、牡鹿《おじか》の首の剝製《はくせい》がふたつ掛けられている。

事務所にいたのは、恰幅《かっぷく》のいい、赤ら顔の大男だった。歳《とし》は六十近くと見える。彼もまた、なにやら興奮が収まっていないという表情だった。

川久保が自己紹介すると、相手はようやく顔を和らげて言った。

「篠崎です。駐在さんには、前にも会ってるんですよ。町の懇親会で」

覚えていなかった。あのときは、五十人以上の町の有力者から、名刺をもらったのだ。

川久保は世間話から始めた。

「大きな牧場なんですね」

「ああ。二百二十頭搾《しぼ》ってる。町では一番かな。農業法人にしてる」

「働いているのは、外国人ですか？」

「そう、中国人だ」篠崎征男はあわてた様子でつけ加えた。「不法滞在じゃないよ。きちんとした研修生。三人受け入れてるんだ。あいつらが何か？」

「いや、その話じゃないんです」

川久保は、近所で犬が撃たれた話をかいつまんで話して、それまで三回繰り返した質問をここでも篠崎にぶつけた。

篠崎征男は、厚い唇の片側だけ持ち上げて言った。

「おれも散弾銃は持ってるよ。鹿撃ちもやる。このあたりじゃ、ついこのあいだまで、鉄砲は必需品だった。いまでも持ってるひとは多いんじゃないのか。探せば、眠り銃もきっとあるぞ」

「大西さんの犬のことで、トラブルなんて聞いていませんか」

「いや。あそこは犬を飼ってたかい？」

「ええ。大型の、黄色い雑種でした」

「知らないなあ」

「大西さん自身が誰かとトラブルを起こしていた、なんて話も聞きませんか」

「聞いてない。あのひとは農協の役員をやったこともあるし、このあたりじゃ一番人望あるひとだしな」

「何か耳にしたら、連絡をもらえませんか。罪名は器物損壊罪ですけど、散弾銃が使われたっていうのはちょっと心配なところなんです」

「いいさ。おれも、このあたりが物騒になっては欲しくない。お巡《まわ》りさんには、もっと頻繁にこっちにも顔を出してもらいたいところだ」

「できるだけ、そうしますよ」

　川久保は腰を上げた。きょうのこの聞き込みは、正直なところを言えば、事件解決のための聞き込みとはちがう。あの犬の射殺について、警察も関心を持っている、ということをこの一帯の住民にアピールするためのものなのだ。とりあえずは、これで十分だろう。

　川久保は、制帽をかぶって事務所を辞した。

この季節、午後の四時にはもう日没である。川久保は、空がすっかり暗くなってから、駐在所の並びの福祉会館に向かった。この地域のありとあらゆる情報に通じた男がいる。彼に少し、教えてもらいたいことがある。

片桐義夫《かたぎりよしお》は、福祉会館の娯楽室で、いつものようにひとり詰め碁を考えていた。川久保が入ってゆくと、片桐は川久保にちらりと目を向け、ぶっきらぼうに言った。

「こんどはどんな事件だい？」

川久保は片桐の向かい側に腰を下ろして、大西の犬の一件を話した。話しているあいだ、片桐は碁盤を見つめたままだ。

川久保は、話を締めくくった。

「こういう季節ですから、本州からきてるハンターのいたずらだ、って考えるのが、一番自然だとは思うんですが」

片桐の反応は意外なものだった。

「どうかね。二十年ぐらい前にも、似たようなことが起こった」

川久保は驚いて訊いた。

「犬が、撃たれたんですか？」

「ああ」

「詳しく教えてください」

「おれも詳しいことは知らない。犬が撃たれたけれど、事件にはならなかった。誰が撃ったのかは、とうとうわからず仕舞いだったはずだ」

「撃たれたのは、どなたの犬です？」

「もう町にはいない男だ。当時、町会議員だった」

「では、何か政治がらみ？」

「わからない。あんたが大西さんの犬の話をするから、ふいに思い出しただけだ」

そういう土地柄なのだ、と理解すればよい話なのだろうか。廃牛が出るとき、散弾銃で撃って埋めるというのが普通だった土地の。

川久保はさらに訊いた。

「大西さんって、どういうひとなんですかね。周囲の評判とか。トラブルを起こしがちなひとだろうか」

「ま、主張することはしっかり主張するひとだな。ああいう性格じゃ、こういう小さな町じゃ生きにくいだろう」

「ということは、大西さんは、近所とは仲が悪いんですかね」

「べつに仲が悪いってことはないと思うけど。ただ、新規就農だ。離農農家跡に入って、まだ十五年くらいだ。地元にはなじんでないのかもしれない」

「人望がある、って話も聞きました。農協の役員もやったことがあるんでしょう」

「インテリだからね」片桐は、札幌にある農業大学の名を出した。大西はその大学の酪農科の卒業生だという。「新しいタイプの農家だ。そういえば」

片桐は、ひとつ思い出した、という表情になった。

「大西さんが、農協の集まりで篠崎さんとやりあったって、誰かが言っていたな」

「どういう問題で？」

「中国人研修生の待遇についてだ」

川久保は、篠崎が中国人研修生を使っていると言っていたことを思い出した。牛舎のそばで一輪車を押していた青年も、中国人研修生だったのだろう。

「待遇が問題だっていうのは？」

「それって、ひどすぎやしないかと問い詰めて、篠崎さんがぶち切れたって話を聞いたぞ」

「給料が安いんですか？　最低賃金法ぐらいはクリアしてるんでしょう」

片桐は首を振った。

「中国人研修生の給料は、ひと月四万だ。研修なんだから、安くてもいいだろうってことらしいけど、実質はただの単純労働者だよ。研修なんてない。飯と宿舎はつくけど、いまどき四万の給料で、日本人なら誰が働く？」

川久保は思った。日本人が同じような仕事に就けば、最低でもたぶん手取り十二、三万円にはなるだろう。食事・宿舎を提供したとしても、それは使う側にとってみれば好条件と言える。

片桐は言った。

「四万たって、月々現金で渡されるのは二万。あとの二万は、受け入れ団体が預かって、帰国するときに空港で渡すんだ。逃げて不法就労しない用心ってことらしい」

川久保は「タコ部屋」という言葉を思い出した。終戦まで、北海道ではふつうにあったという制度だ。安い賃金で労働者を酷使するシステム。監獄部屋、とも呼ばれる。

片桐はさらに続けた。

「労働条件や待遇で、研修生が文句を言おうとする。すると、受け入れ団体が調査にきてくれることになっているが、その調査の実費は、研修生が預けてある残り二万の積み立て金のほうから引かれる。つまり、研修先がかなりひどいことをやっても、研修生は文句を言えない仕組みになってる」

初めて聞く話だった。

川久保は訊《き》いた。

「大西さんは、それを問題にしたんですか？」

「ああ。そういう労働力を使って営農することに問題はないか、と言ったらしい。篠崎さんは、本人たちが了解してることを、なんで貴様が問題にするんだと怒ったとか。殴り合いになるところだったと聞いたぞ。篠崎さんも、切れやすいひとだからな」

「切れやすいんですか」

「コップ酒三杯目からは、みんな篠崎さんには近づかないよ」

篠崎は、大西とは何のトラブルもないと言っていた。それを隠していた、ということで、彼には要チェックのマークをつけておくべきかもしれない。

片桐は言った。

「大西さんは、篠崎さんが研修生たちを牧場から一歩も外出させないことも問題にした。休みの日も、車を出さないんだ。研修生たちは足がないから、篠崎さんが送ってやらなかったら、どこにも行けない。近所の町にきている研修生仲間と連絡を取り合うのも禁止だ。秋に農協のお祭りがあったとき、大西さんは篠崎さんに、研修生も参加させてやれと言ったんだが、篠崎さんの返事はなんだったと思う？」

「どう言ったんです？」

「町に連れていって、連中がコンビニのパート募集チラシでも目にしてみろ。時給六百五十円なんてのを読んだら、たちまち逃げちまうだろう、と」

「殴り合いになりかけたのは、いつごろのことなんです？」

「一年くらい前のことだろう。この春からは、大西さんはずっと、中国人研修生の受け入れについて、やりかたを変えたほうがいいと言ってたらしい」

「篠崎さん相手に？」

「篠崎さんにも、農協の中でも」

「農協は、どういう反応なんです？」

「このあたりの酪農家は、大部分が夫婦ふたりだけの家族経営だ。研修生のことなど、関係ないよ」

「ということは、トラブルは大西さんと篠崎さんとのあいだの問題ってことかな」

「それがトラブルだって言うならね」

「それがエスカレートしていたのだろうか」

「さあて。これ以上のことは知らない」

　言葉どおりに受け取ってもいいようだ。いま聞いただけでも、十分にいい情報だと言えた。発砲罪と器物損壊罪について本格的に捜査が始まるときには、役に立つだろう。

その二日後の水曜日は、週末来続いた小春日和《こはるびより》から一転、風に小雪の混じる寒い日となった。川久保は、寒さのせいで目を覚まし、昨夜は灯油ストーブの火を完全に落としていたことを思い出した。

起きて居間の窓に寄り、外気温計を見た。マイナス二度だ。寒いわけだった。ヤカンをガスコンロにかけたとき、電話が鳴った。

受話器を取ると、所轄《しょかつ》署である広尾署からだった。地域係の係長が言った。

「志茂別で傷害だ。被害者は、もう死んでいるかもしれん。いま、刑事係が出たが、臨場してくれ」

一一〇番通報だったという。通報者は、志茂別町の篠崎章一という男だ。

そこまで聞いて、川久保は驚いた。一昨日訪ねたばかりの酪農家ではないか。

係長は続けた。篠崎章一が今朝目覚めたら、父親が居室で血だらけになって倒れていたという。ナイフか包丁で切られたらしい。抱き起こしたが、意識はないとのことだった。

係長は続けた。

「篠崎牧場では、中国人研修生を三人使っていたが、三人ともいないという。車が一台、牧場から盗まれている」

もう犯人の目処《めど》はついている、と言っているように聞こえた。おそらく、その研修生たちと盗まれた車は手配されたのだろう。

川久保はガスを止めると、制服の上にさらに冬季用外套《がいとう》である革製の黒いコートを着て、駐在所を出た。コーヒーと朝食はあとまわしだ。

篠崎牧場に着いて、事務所に入った。

中は、散らかっている。たしかに強盗が入った跡のように見えた。

隅のデスクの後ろで、篠崎の息子が電話をしているところだった。酪農ヘルパーを緊急に頼んでいるところらしい。話しぶりでは、あまりにも突然のことなので、すでに近隣の業者にはいくつか断られたらしい。

その電話を終えてから、章一は川久保に顔を向けて言った。

「親爺《おやじ》は、奥の寝室です。救急車も呼んだ」

章一はブルーのツナギ姿だ。袖《そで》や胸元が赤く汚れている。酪農家用の白いゴム長靴を履いていた。

「親爺さんの様子は」と川久保は訊いた。事務所の奥のドアが開いており、その向こうに廊下が延びている。廊下の床板には、赤い染《し》みがいくつか見えた。

章一は言った。

「血まみれだ。抱き起こそうとしたけど、もう冷たい感じだった。生きているようには見えない」

救急車のサイレンが近づいてくる。広尾から急行してきたのだろう。

「ほかに誰か、現場に入っているかい？」

「おれだけです」

「ほかの家族は？」

「おふくろは、先週から札幌に行ってる。親爺とおれしかいなかったんだ。おれは」章一は、窓の外を指さした。「あっちのほうに寝起きしてるから、今朝まで気がつかなかった」

自分も寝室に行くか。それとも現場保存を優先するか。少しだけ迷った。章一が言うようにもう死んでいるのだとしたら、駐在警官はあまり現場を荒らすような真似《まね》はしないほうがいい。

ほどなく救急車が事務所の前に到着した。表が騒がしくなり、ふたりの救急隊員が駆け込んできた。

章一が立ち上がって救急隊員たちに言った。

「こっちです。よろしく」

川久保も章一と救急隊員たちのあとに続いた。事務所から靴を脱いで廊下を進むと、篠崎征男が倒れているという寝室だった。

ドアは開いている。救急隊員たちが、そのドアの前まできて、あっと短く声を上げた。

布団《ふとん》の上で、ひとが大の字に倒れていた。顔のあたりは、つぶれているようだ。鮮血が周囲の寝具の上に飛び散っていた。川久保は先日の犬の死骸《しがい》を思い出した。口の中にふいに苦みが満ちた。川久保は思わず顔をしかめた。

救急隊員たちに続いて章一が部屋に入ろうとするので、川久保は彼の肩を押さえた。

「あんたは、こっちに」

章一は、素直に従った。

救急隊員たちは篠崎征男のそばにかがみこんだ。年長の隊員がすぐに言った。

「もう息はありませんね。このままにしておきましょう」

救急隊員たちは、靴下に血がついたことを気にしながら廊下に出てきた。

川久保は訊いた。

「研修生がいなくなったのは、いつなんだろう?」

章一は答えた。

「昨日のうちじゃないのかな。軽乗用車が一台消えてる」

「事務所から、何か盗まれていますか？」

「手提げ金庫がなくなってる」

「発見は何時ころ？」

「電話した直前だから、二十分か、せいぜい三十分前かな。事務所がこのとおり荒らされていたんで、あわてて和室も見たんだ。そうしたら、親爺は……」

章一は言葉を切って首を振った。

四分後に、広尾署の捜査員たちが牧場に到着した。刑事係の池畑という警部補がこの場のチーフ格のようだ。彼はたしか、広尾署の刑事係三年目である。この手の事件について、まったくの素人《しろうと》ではないはずだが、殺人事件を扱ったことがあるかどうかはわからない。まだ四十前と見えるが、その年齢で警部補なのだから、試験には強い男なのだろう。

池畑たち捜査員六人も、ドアの前まできたところで、短くうめいた。

救急隊員が、池畑に言った。

「すでに死亡しています」

「死因は？」と池畑が部屋の中に視線を向けたまま訊いた。

救急隊員は、腹立たしげに言った。

「顔がつぶれているんですよ」

見れば想像がつくだろうと言っているようだった。凄惨《せいさん》な殺人現場を見て、気が立っているのだろう。

池畑がさらに訊いた。

「死亡推定時刻は？」

「死後硬直の印象では、七、八時間以上前ですね。あるいはもっと」

「昨日のうちか」池畑は時計を見ながら言った。「かなり遠くまで行ってるな」

どうやら広尾署刑事係は、いなくなった中国人研修生三人が殺害犯であると、決めてかかっているようだ。

池畑が川久保に顔を向けたので、川久保は名乗ってから、自分の横にいる篠崎章一を示して言った。

「ここにいるのが、第一発見者。息子さんです」

「ご苦労さん」と池畑は言った。「牧場のゲートから中に、車もひとも入れないでくれ。地域係がきたところで交代していい」

川久保は、わかりました、と答えて外に出た。

制服警官がここでは必要とされていないのであれば、指示されるまでもなく、自分は現場を離れるべきだろう。

駐在所に戻る途中、川久保は広尾署の第二陣の警察車とすれちがった。

三時間後には、釧路《くしろ》方面本部から応援が到着した。広尾署に捜査本部も設置されることになると伝えられた。篠崎牧場のある地区一帯では、聞き込みも始まったらしい。

お昼、駐在所で弁当を食べている最中、広尾署からまた連絡があった。

広尾署に置かれた捜査本部は、やはり消えた三人の中国人を重要参考人として手配したという。ただし、まだ三人は遠くまで逃れていない可能性もある。町の周辺もしくは十勝地方に留まっていることも考えられるので、不審者や外国人への職務質問の強化を、との指示だった。

その日の午後には、マスメディアも大挙押しかけ、篠崎牧場の周辺で取材をしていった。川久保自身、町役場の前と農協の前で、テレビ局の関係者が取材している場面を見た。のどかな農村を襲った恐怖、とでもタイトルをつけられて、この夜のニュース番組でセンセーショナルに報道されるのだろう。

午後の六時過ぎに、川久保はまた福祉会館に片桐を訪ねた。

娯楽室にはもうほかに利用者はいなかった。片桐も碁盤を片付けようとしているところだった。

川久保は片桐の前に腰をおろし、いまコンビニで買ってきたウーロン茶のペットボトルを片桐の前に置いた。

「聞いています？」

　片桐はうなずいた。

「びっくりするような事件が起こったな」

「どう思いますかね？」

「何も。わたしは何も事情を知らん。あれこれ無責任なことは言えんよ」

「いままでにこんなことは？」

「外国人が疑われるような事件ってことかい？」

「ええ。何人《なにじん》でもいいけど」

「ないね。このあたりじゃ、いまだに外国人なんてほとんど見ない。中札内《なかさつない》にはフィリピン・バーがあるし、イギリス人の英語の先生もいる。中国人の農業研修生もいるとは聞くけど、町で見かけたこともない。せいぜいその程度だからな」

　川久保は、話題を変えた。

「篠崎牧場、家庭は複雑なんじゃないですか？」

「何か耳にしたのかい」

「いいえ、なんとなく感じただけです。章一さんと親爺さんは、うまくいってました？」

片桐は、左右に視線を走らせた。娯楽室にほかにひとがいないか、確認したかのようだった。

「いまじゃ、もうほとんど話題になることもない話だけど」片桐は、いくらか声の調子を落として言った。「篠崎さんが死んだから言うが、章一さんは実の息子じゃないって噂《うわさ》がある」

「そうなんですか?」

「たしかなことは知らん」

片桐の話では、章一というのは篠崎が最初の夫人とのあいだにもうけた子なのだという。ただしこの夫人は、姑《しゅうとめ》にいじめられ、何度か実家に帰ったりしていた。章一を生んだのは、そんな時期のことだ。その夫人は、章一が六歳のときに死んだ。表向き、交通事故死、と伝えられているけれど、それが自殺であったということは、地元民はみな知っている。

その後、篠崎は後妻をもらった。新しい夫人はふたりの子供を生んだ。子供はふたりとも、いまは札幌の学校に通っている。

「次男坊が優秀なんだ」と片桐は言った。「北大に入った。いま大学院だ。アメリカに留学もしたとか」

川久保はもう一度訊《き》いた。

「章一さんは、父親とはうまくいってました？」

「どうかね」と片桐は言った。「わたしがまだ若かったころ、あのあたりの地区を配達していた。章一さんは、いつも垢《あか》じみた、ひどい格好をしていたな。まったくかまわれていないみたいだった」

「だって、最初の子なんでしょう？」

「いや、あの子は爺《じい》さん婆《ばあ》さんも、初孫は可愛《かわい》かったはずだ」

いたろうから、ほんとに可愛がっていたかどうか。後妻さんが次男を生んでからは、章一さんは同じうちの子供かと思うぐらいに、差をつけられて育ったはずだ」

「ぐれたりしなかったんですかね」

「親爺は、拳骨《げんこつ》で教えるタイプだからな。怖くて、章一さんはぐれることもできなかったんだろう」

「いまは、派手な暮らしをしてるように見えますが」

「いつか、吹っ切ったんだろうな。何年か前から、父親にわがままを言って通すようになった。遊び、車、借金。父親のほうも、いくらか甘やかすようになってるって話だ」

「でも、死んだ篠崎さんが目をかけていたのは、次男坊のほうなんですね」

「次男坊のほうは、酪農継ぐ気はないのにな」

「最初の奥さんが自殺だったというのは、どういう事情なんです？」

「詳しい話は知らんよ。ノイローゼが高じて、入水《じゆすい》自殺だとか。牧場の裏手に川が流れてるけど、そこの淵《ふち》に身投げしたらしいんだ」

「変死なら、司法解剖もしていますね」

「したはずだよ」

「何年ころです？」

「総理大臣の大平さんが死んだのは、何年だった？」

「その年なんですか？」

「その月だった」

「昭和五十五年ぐらいでしたかね」

「そのころだ」片桐が逆に訊いた。「こういう情報って、篠崎さんの殺人事件について何か役立つのか？」

川久保は首を振った。

「いや。駐在としての好奇心で伺っただけですよ。捜査とはちがいます」

「ちがうのか？」

「制服警官ですからね。捜査はできません。わたしは駐在として、地域のささいな情報を、少しでも多く頭に入れておこうと思っているだけです」

「何かの役に立つのか？」

「捜査員とはちがうものが見えてくるでしょう」

川久保は、礼を言って福祉会館を出た。

駐在所に戻ると、直後にふたりの私服警察官が入ってきた。釧路方面本部刑事部捜査一課と、広尾署の刑事係強行犯担当の捜査員だ。近所で聞き込みに回っていた帰りだという。いかにもやりて風の四十年配の警部補と、そろそろ定年が近いかという巡査部長だった。

川久保はふたりに椅子《いす》を勧めてから、お茶を淹《い》れて出した。

「事件は、どういうものなんです？」

方面本部の警部補が答えた。

「殺人は計画的だったようだ。研修生たちの私物はきれいに消えてる。パスポートも見つからない。前々から逃げる準備をしていたようだ」

「殺人も計画的ですか？」

「いや、こっちは行き当たりばったりかもしれんな。寝室で被害者の顔をめった打ち。これで中国人の線がなければ、怨恨《えんこん》の現場だと見たろうな」

「凶器は何なんです？」

「鉈《なた》だ。現場に転がっていた」

広尾署の捜査員が言った。

「実行犯はひとりのようだ。現場には、靴跡がひとり分だけ。あとのふたりは、そのあいだ事務所を物色していたんだろう」

警部補が言った。

「犯人はかなり返り血を浴びてる。靴も血まみれのはずだ。だけど、牧場には見当たらなかった。その格好のままで逃げてくれたんなら、身柄確保も楽だけど」

警部補が川久保に訊いた。

「土地鑑のあった連中なのかな。あの連中、町には出てきてたんだろうか」

川久保は首を振った。

「いや、町にはまったく出てきていないはずですよ。被害者は、研修生たちを牧場から出さなかったと聞いています」

「じゃあ、まだそんなに遠くには逃げていないか。運転だって、そんなに慣れていないはずだ」

「牧場の中では、重機もトラクターも使っていたはずです」

「いずれにせよ、まだ道内だな」

川久保の淹れたお茶を飲み終えると、捜査員たちは立ち上がった。

「さあて、そろそろ戻るか」

ふたりは駐在所を出て、駐車場で捜査車両に乗り込んでいった。

川久保は、広尾署に電話をかけた。昭和五十五年前後、この志茂別町の駐在警察官だった人物の名と、いまの連絡先を訊くためだった。すでに日勤者の退庁時刻を過ぎていたが、当番の警官が調べてくれるという。

五分後に、その担当者から電話があった。

昭和五十一年から五十七年まで駐在所勤務であった巡査部長がそうであろうという。フルネームを教えてもらったが、昭和六十二年に定年退職していた。現在の連絡先は把握していないとのことである。

昭和六十二年に定年退職という年齢を考えると、もう鬼籍《きせき》に入《い》っている可能性もある。川久保は、教えられた駐在警察官の名前を手近のメモ用紙に書きつけた。

時計を見ると、七時を回っていた。川久保はあらためて警察車に乗った。きょうのうちに、一軒行っておきたいところがある。

大西の牧場に着いたのは、午後の七時過ぎだ。敷地に入ってゆくと、ちょうど牛舎から搾乳《さくにゅう》を終えた大西が出てきたところだった。

「ちょっといいかな」と川久保は言った。「五分だけ」

牛舎の脇《わき》にある小さな小屋に案内された。テーブルと椅子が二脚ある。牧場仕事の事務室であり、休憩所なのだという。

川久保は、帽子を脱いで、テーブルの向かい側の大西に言った。

「事件のことで、いろいろ聞かれたでしょう」

大西は首を振った。

「いや、たいして。昨夜、何か異状に気づかなかったかとか、不審な車を見なかったかとか、その程度のことだよ」

「大西さんは、その中国人たちには会ったことがあるんですか？」

「いいや。遠くから見たことがあるだけだ」

「話したこともない？」

「ないね。篠崎さんは、町のお祭りにも、参加させなかった。休みの日も、研修生たちは牧場の中でぼんやり身体《からだ》を休めてるだけだったんだ」

「いなくなった三人は、いつから働いていたんです？」

「あのひとたちは、まだ半年ぐらいだろう。その前の研修生は、二年ぐらい働いていったと思う」

「研修生のその待遇のことでは、篠崎さんと激しくやり合ったことがあるそうですね」

大西は、警戒気味の顔となった。

「なんだい。おれが疑われてるのかい？」

「ちがいます。そうじゃない。そのとき、篠崎さんは、研修生のことを何て言っていたか気になるんです」

大西は首を傾《かし》げた。

「どういうことだ？」

「研修生は、よく働いてくれて助かっていると言っていたのか、それとも役立たずだと言っていたのか」

大西は少し考える様子を見せてから言った。

「とにかく金には細かい連中なんだ、という言い方をしていたね。いまの研修生のことじゃなく、中国人研修生一般の話として。外に出して研修生同士で情報交換なんてされたものなら、わずかな待遇の違いでも、よそ並にしろとか、その分、別計算で賃金を支払えと言ってくるとか」

「じゃあ、逃げた研修生とも、金でもめたことはあったんだろうね」

「そこまでは言ってなかったけど」

突然、大西はあっという表情になった。

何か、と訊くと、大西は言った。

「以前、そういうやりとりの中で、うちの犬のことも言われた」

「なんと？」

「飼い犬だって自分の敷地から出さないのが常識なんだ、という言い方をしていた」大西は、ひとり何度もうなずいた。「確信はなかったけど、うちの犬を撃ったのは、篠崎だよ。あいつ、ずっとうちの犬が我慢ならなかったんだ。いまなら、絶対間違いないって言える」

篠崎征男は、川久保には大西が犬を飼っていたことは知らないと言っていた。知っていたのに嘘《うそ》を答えたということは、たしかに疑いうる要素だ。

川久保は頭をかいた。

「それを最初に思い出してくれてたら、聞き込みのときにもちがった質問ができたかもしれない」

「いいよ。あのひとも死んでしまったんだ。もうこれ以上はいい」

川久保は話題を変えた。

「ところで、篠崎さんの前の奥さんが死んだときの事情、よく知っているのは誰だろう?」

「前の奥さん? それって、ずいぶん前のことなんだろう? おれがまだここにくる前の話のはずだ」

「あんたはどんなふうに聞いてる?」

「交通事故だったんだろう?」

もうそちらの話のほうが事実として定着しているようだ。川久保は、それ以上は大西から聞き出すのをあきらめた。

帰ろうとしたとき、大西がうしろから呼びとめて言った。

「ここを離農した白石さんなら詳しいんじゃないか。離農して、本町の町営住宅にいる。篠崎さんの爺《じい》さんとも親しかったようだし」

「白石さんね」

「白石善三《ぜんぞう》さん」

「達者だといいな。いくつぐらいだろう」

「いま七十五、六じゃないのかな。篠崎さんの前の奥さんが死んだのと、きょうの事件と、何か関係してるのかい？」

川久保は首を振って答えた。

「いや、駐在としての好奇心です」

白石善三の住む町営住宅は、市街地の中学校のそばにあった。棟割り長屋形式の平屋の建物だった。この町では、後継者のいない農家は、離農して市街地で年金暮らしに入るのがふつうだ。白石善三もそのひとりということだった。

訪ねると、白石善三とその夫人は、いぶかりながらも居間に川久保を招じ入れてくれた。

白石善三は、篠崎が殺された事件をすでに耳にしていた。

「その件かい?」と白石善三は訊《き》いた。

「ええ」と川久保は答えた。駐在警察官が捜査を担当するわけではないのだが、警察のシステムについて正確なところを伝えることもないだろう。「篠崎さんの前の奥さんのことが、気になりましてね。きょうのことを調べているうちに、前の奥さんが死んだ事情について、いくつか食い違う証言が出てきたものだから」

白石善三も片桐や大西と同じことを訊いた。

「何かきょうの事件に関係するのかい?」

「正確なところを知っておきたいというだけです。交通事故ってことですが、ほんとは違うとか」

「ああ。近所のひとは薄々知っていたけど、交通事故じゃなかった。身投げだよ。裏の沢に飛び込んだんだ」

「そんなに深い沢でしたか?」

「場所によるさ」

「遺書はあったんですか?」

「さあ。それは知らない」

白石善三の当時の記憶はしっかりしていた。思い出せないという様子も見せずに、その事情を教えてくれた。

篠崎の前の夫人は菊江といい、帯広近郊の農家の出身だ。篠崎とは見合いで結婚した。篠崎自身は菊江との結婚を喜んでいたようだが、菊江は姑《しゅうとめ》とは折り合いが悪く、何度も実家に逃げ帰っていた。やがて菊江のほうは離婚を望むようになった。しかし篠崎はうなずかなかった。何度目かの実家戻りの後、若夫婦は別棟を建てて住む、という条件で、菊江は戻ってくることになった。それからしばらくして生まれたのが、章一だった。

そのうち、章一について、噂《うわさ》が流れるようになった。篠崎の実の子ではないというのだ。それが事実なのかどうか、白石にはわからない。ただしこの噂の発信元は、篠崎の実母だったのではないか、という気がするという。身内でなければ知り得ない情報まで、一緒に耳に入ってきたからだ。

そのような噂があることを、やがて篠崎自身も知るようになった。そのころから、夫婦仲は急速に険悪なものになっていったらしい。姑の嫁いびりも、次第に程度のひどいものになっていったと噂された。菊江は、やはり別れたい、実家に帰りたいと、周囲にもらすようになったという。

篠崎征男のほうは、外で遊ぶようになった。牧場仕事が終わったあと、帯広まで行って飲み明かし、翌朝の搾乳時間に合わせて帰ってくるのだという。たぶん篠崎がいまの夫人と知り合ったのもそのころだ。

白石が言った。

「そのころ、奥さんも精神に変調をきたしていたんじゃないかね。子供のこともかまわないようになった。牧場の仕事でも、ポカばかりやっていたそうだ。何回か万引きで駐在が出て行ったことがあるはずだ。篠崎も、自分の子じゃないと噂されている章一を、ほとんど可愛《かわい》がらない。あの子は、ずいぶんいじけて育ったはずだよ」

近所の誰もが、篠崎夫婦の破局を予想していたその夏の朝、篠崎牧場でぼやが出た。篠崎の両親の住む住宅から火が出たのだ。煙が上がったのを見て、隣近所三軒の農家が駆けつけた。

菊江が火をつけたらしい。菊江本人は見当たらなかった。なんとか火事が消し止められた後、篠崎たちが手分けして探すと、裏手の沢の深みで、沈んでいる菊江が発見された。発見したのは篠崎だ。菊江はすでに死んでいた。

駐在ももちろん駆けつけた。しかし近所のひとの話を聞き、自殺とみなして不自然ではないと判断したようだ。事件性が疑われて捜査が行われるようなことはなかった。

姑は、嫁は交通事故にあった、と葬儀の席で言ったという。近所のひとたちはもちろん、ほんとのところを知っている。しかし、ふだん篠崎家と行き来のない参列者たちは、姑の言葉をそのまま信じたかもしれない。やがて近所のひとたちも、自殺のことは口に出さなくなった。だからいまでは、あれが自殺だったと知っているのは、近所の老人たちだけだろう。

　夫人の死から半年後、篠崎は再婚した。帯広の自動車販売店に勤める女だった。新しい夫人は、すぐに子供を生んだ。上が男の子、下が女の子。ふたりともいま、家を出て札幌に住んでいる。娘のほうは結婚している。次男坊はそろそろ大学院を修了するころだ。篠崎の両親は、数年前に相次いで亡《な》くなっている。

　章一も、高校を出た後、家を出ていた時期がある。どこで何をやっていたのかは、よくわからない。三年ほど後に帰ってきて、牧場の貴重な労働力となった。ただし、父親との仲はよくない。幼いころ愛されなかったことを、いまだに恨みに思っているのだろう。

　そこまで聞いて、川久保は白石に質問した。

「白石さんのお話だと、菊江さんの自殺についても、含みがあるように感じられましたが」

　白石は戸惑いを見せた。

「そう聞こえたかい？」

「ええ。白石さんは、自殺だとは信じていませんね？」

もう一度当惑を顔に見せてから、白石は言った。

「篠崎さんも死んでしまったことだしな」

「だったら、言えることもあるわけですね」

「ああ」白石は、声の調子を多少落として話し出した。「あとになってから、近所がこっそりささやき合ったことがある。噂以下の話だ。こういうことだったんじゃないかって」

「なんです？」

「あの朝、菊江さんは、探しに出た篠崎さんに殺されたんじゃないかってことさ。自分の親が住んでる家に放火されたんだ。篠崎さんの怒りようったら、凄《すさ》まじいものだった。火事を消し止めたあと、菊江さんを探そうということになって、手分けしてあのあたりの林や河原に入った。正直なところを言えば、菊江さんが首を吊《つ》るんじゃないかってことを心配したんだ。夕方になって、篠崎さんが見つけた。見つかったと呼ばれて沢まで駆けつけたときは、菊江さんは死んでいた。わたしもその死体を見た。だけど、素人目《しろうとめ》には、菊江さんがいつ死んだものか、区別なんてつかなかったからね。身体《からだ》に触ってみたわけでもないし」

白石は、言い過ぎたと思ったようだ。

「繰り返すけれども、いまの話は噂でさえなかった。そんなふうに考えることもできるなって、あとになってから言い出した者がいるってことさ。警察も検分したんだから、自殺で間違いはないと思うよ。だけど、奥さんが重いノイローゼだったたってことは、駐在も知っていたはずだ。放火やらなんやら、地元のいろんな事件をほじくり返すよりは、当事者が自殺したんならそれで一件落着でいいと思ったんじゃないか」

「駐在には、それができるほどの権限はありませんよ。変死なら、必ず司法解剖だけど、その手続きは取られたんでしょうか」

「知らない。医者が水死だと判断し、駐在も事件だと報告しなければ、事件にはならないだろう？」

川久保は、念を押すように訊いた。

「その噂では、駐在が殺人事件を自分の裁量で処理したってことですか」

「そこまでは言ってない。あとになってから酒の場で出た与太話だ。だけど、そうだとしても、昔はよくあった話じゃないか」

「駐在の裁量？　伝説ですよ」

「あのころの駐在は、その土地に七、八年いるのが普通だった。土地に長ければ、杓子定規《しゃくしじょうぎ》なことはやれなくなる」

「信じられませんね」

「そうかな。三十年近く前の時代のことだよ。よそでも、特別のことじゃなかっただろう」白石は、この地方出身のいまは亡き国会議員の名を出して言った。「あのひとの首吊り自殺を、道警は最初、心不全で急死と発表したんじゃなかったかね。隠しきれなくなってから、やっと自殺だと認めた。本部が平気でそういうことをやってるんだから、駐在だってやっていたろう。ちがうかね？」

自分に答えられることではない。川久保は話題を変えた。

「ところで、いま、章一さんの家の中での立場はどうなっているんです？　跡継ぎなんでしょう？」

「牧場は継ぐだろう」と白石は言った。「次男坊は、札幌か東京で会社勤めってことになるんじゃないのか」

「こんど篠崎さんが死んだことで、何かこれまでとは違ったことになりますかね」

「さあて。章一さんなら、牧場はすっかり整理して、金で分けようと言い出すかもしれないな。そんなに酪農が好きだってひとじゃないから」

白石は、お茶をすすってから言った。

「農協の役員だった大西さんは、中国人研修生を入れることに反対だった。心配がずばりあたったな」

川久保は思った。大西が反対したのは別の理由であるし、そもそもこの事件はまだ、中国人研修生による殺人事件と決まったものではないのだ。自分には、捜査本部の判断は、いささか勇み足に見える。研修生たちがすぐにどこかで身柄確保されるなら、捜査本部も間違いに気づくだろうが。

そう思ってから、考え直した。

研修生たちがたとえ無実を訴えたとしても、捜査本部はあくまでも研修生による犯罪で通すかもしれない。わかりやすくて、しかも評価される事件だ。関係者には、これは理想的な「点数の高い」事件だと言えるのだ。

駐在所に戻り、日報を書いた。ただし、自分が篠崎の殺人事件について聞き込みをしたとは記さなかった。自分は捜査本部のメンバーではない。ただの地元の駐在警察官なのだ。これは、制服警官が本来やるべきではないことなのだ。

事務室を閉め、居間に入ってテレビをつけた。ちょうどローカル・ニュースが流れていた。この志茂別町で起きた殺人事件がレポートされていた。

牧場主殺人事件、と名づけられている。捜査本部がつけた事件名なのだろう。

篠崎牧場での日中の現場検証の様子が映されている。やがてカメラは引いて、篠崎牧場施設の全景から、この町の酪農地帯の風景。

若い女性レポーターの声が、映像にかぶさっている。

「平和な酪農郷を襲った惨劇。警察は、牧場から消えた中国人研修生が事件になんらかの関係があるものとみて、行方を追っています」

もう事実上、研修生による殺害と言い切っているようなものだった。

川久保はリモコン・スイッチを手に取って、ほかの局のニュースも観《み》てみた。中身は、いまの局のニュースとほとんど一緒だった。ただし中継車が出ており、男性レポーターが夜の広尾署前から放送していた。

もうひとつの局では、地元住民の声が取り上げられていた。

中年の女性が言っている。

「怖いね。こんなこと、なかった土地なのに」

次に画面に映ったのは、白髪の年配者だ。防犯協会会長の吉倉《よしくら》だった。彼は言っている。

「いつかこういう事件が起こるんじゃないかって心配してた。やりきれないね」

川久保は居間と続いた台所に立ち、冷蔵庫から缶ビールを一本取り出して、プルトップを引いた。

つぎの日には、町にやってきたマスメディアの数は、いっそう多くなった。全国的な事件という扱いらしい。町のあちこちで、テレビカメラを構えた男たちの姿をよく見た。巡回しているとき、農協の事務所の前にも、札幌の放送局の中継車が停まっていた。

駐在所で昼のNHKのニュースを見たあと、川久保は町なかの定食屋に向かった。通常はコンビニ弁当か出前の昼食をとるのだが、きょうは町の空気を知りたかったのだ。見慣れぬ車で、駐車場はほぼ満杯だった。

定食屋のドアを開けると、中は満員だ。六つあるテーブルも小上がりも、客で埋まっている。ひと目でテレビ局のクルーとわかる連中だった。

女将《おかみ》が、盆を持ったまま川久保に言った。

「申し訳ありません、お巡《まわ》りさん。一杯なの。時間、ちょっとずらしてきてくれるとうれしいんだけど」

困りきっている、という顔ではなかった。思わぬ来客の数に、頬が緩んでいる。

川久保はうなずいて店を出た。

その夜、篠崎征男の通夜《つや》が行われた。帯広市立病院での司法解剖が終わり、遺体が帰ってきたのだ。通夜と翌日の告別式は、町の中にある禅宗の寺で行われることとなった。

事件の反響から、会葬者が多くなることが予想できた。駐車場が足りず、周辺の道路では混乱が起きるかもしれない。指示されたわけではなかったが、川久保は六時に寺に出向いて、葬儀社の社員と交通整理の打ち合わせをした。周辺道路での駐車違反については黙認、が、言葉にはせずに合意された。

通夜は午後の七時からだった。その少し前には、寺の駐車場は満杯となった。町の有力者や近在の農家はもちろん、隣町や帯広方面からも、駆けつけた者がいるのだ。

通夜が始まって十五分ほどたってから、川久保は制服のまま会場に入った。本堂裏手の通夜の会場は、ひといきれで暑いほどだった。ざっと見たところ、二百人以上の会葬者がパイプ椅子《いす》に腰を下ろしている。

焼香のとき、川久保は遺族席にちらりと目をやった。喪服を着た男女が最前列に並んでいる。喪主は篠崎征男夫人とのことだった。篠崎征男がいまの夫人とのあいだにもうけたという次男と長女もいた。

章一が黙礼してきたので、川久保も黙礼を返した。

外に出ると、農協の組合長がテレビ局のカメラの前に立っていた。ライトが組合長の顔を明るく照らしている。

川久保は立ち止まって、横から組合長が語る言葉を聞いた。

「研修生の受け入れには、熱心だったんですよ」組合長は言っていた。「自分の子供に接するみたいに、親身になって世話を焼いていた。それがねえ。こんなふうになるとはなあ」

　彼は、研修生による殺人だと疑っていないようだった。この言葉は、このまま放送されるのだろうか。

　警察車のほうへ歩いてゆくと、片桐が立っていた。

「あんたもきたのか」と川久保は声をかけた。

　片桐は言った。

「いいや。篠崎さんには特に義理もない。あんたに、先日、局の簡保の担当から聞いた話を教えてやろうと思って」片桐は続けた。「三カ月ぐらい前、篠崎さんから、生命保険を増額したいって、呼ばれたことがあったそうだ」

「三カ月前？」

　警察車のそばで片桐から話を開いた。

　片桐のかつての同僚が、生命保険を増額したいからと篠崎征男に呼ばれて、商品を説明させられたという。なんでも篠崎は胃に変調があり、いっときはガンを心配したらしい。帯広の病院で検査してもらったところ、ただの胃炎とわかった。しかし篠崎は自分の健康に不安を感じたのか、新たに保障の大きな生命保険に入ると決めたのだという。

しかし簡易保険の保障金額はさほどのものではない。まして篠崎が六十一歳となれば、掛金自体も大きくなる。結局契約までは至らなかった。篠崎は簡保に新たに入り直す代わりに、民間の生命保険会社と交渉したようだという。

川久保は言った。

「それが三カ月前?」

片桐は答えた。

「わたしの同僚と話をしたのがね」

「篠崎征男ご本人が話したのかな」

「そうだ」

「篠崎征男が希望した保険金額は、どのくらいだったのだろう」

「何億って話だったらしいよ。正確には知らない」

「それにしても、億ってのは、すごい額だな」

「牧場の施設を建てるのに、農協からまた何億も借りてる。規制も厳しくなったんで、ちょうど糞尿《ふんにょう》処理の施設も作ってるところじゃなかったか。だからあのひとなら、そのくらいは必要だろう」

「受け取り人は?」

「そのときの話では、法定相続人でいいということだったらしい」

「結局、民間の会社と契約はしたのかな」

「そうみたいだ。篠崎さんは、いったん動き出したら最後までやる」

そこにスーツ姿の若い男が寄ってきた。

「すいません、駐在さん」

川久保が近づいてゆくと、彼は言った。

「先生の車が出るんです。ちょっと誘導、お願いできますか」

地元出身の道会議員の秘書ということだ。

いいだろう。川久保は片桐に手を振って、警察車から離れた。

翌朝、六時半にテレビをつけると、牧場から盗まれた軽自動車が函館《はこだて》市内で見つかったとのニュースを流していた。ということは、彼らは見事に函館まで五百キロほどの距離を運転していったということだ。本州に向かったのだろう。もしかすると、殺人事件のニュースは見ていないかもしれない。

その日は篠崎征男の告別式だった。午後一時からだという。

その時刻になったところで、川久保は篠崎の牧場へと向かった。いま、身内や関係者はひとりも牧場にはいないはずである。

殺害現場となった篠崎の住宅部分に黄色いテープが張られていた。しかし、警察官はいない。もう必要な検証は終わったということだ。

きょうはさすがに、敷地奥の工事は行われていない。ブルドーザーもショベルカーも動いていなかった。酪農ヘルパーの姿もなかった。朝に搾乳《さくにゅう》作業をすませると、いったん帰ったのだろう。

警察車を敷地の奥に進め、工事現場の手前で停めて車を下りた。

犬の死骸《しがい》を見たときから引っかかっていたことが、いまようやく形を取ろうとしているのが感じられた。しかし、それがどんな形なのか、まだ川久保にはわかっていない。ただ、いまはオートフォーカス機構が必死でレンズの焦点距離を合わせようとしているところだ。ぼやけてはいるが、次の瞬間にはそれが鮮明な像を結ぶのがわかる。その予測がつく。

糞尿処理場の基礎工事は、ちょうど布《ぬの》基礎ができたところと見えた。昨日あたり、捨てコンが流されたのだろう。テニスコート一面ほどの広さに、平坦《へいたん》なコンクリートの床ができていた。その四周に、直角に土台部分が立ち上がっている。

その工事現場を通り過ぎ、先日廃材が捨てられていた場所まできた。大きな穴が開いているかと思ったが、すでに穴は土で埋められている。周囲に廃材がまったくないところを見ると、事件があった日のうちには、その作業は終わっていたようだ。

その先が緩やかな斜面になっていた。斜面の向こうに、木立が見える。木立は左右にずっと延びていた。沢があるようだ。

川久保は牧草のあいだの道を歩いて、沢の岸まで出た。ごくごく小さな沢だった。幅は広いところで一間ぐらいか。底の小石が見えるほどの深さしかない。岸に立って、沢の左右に目をやった。上流のほうに視線を移してゆくと、五百メートルほど先に、廃屋のようなものが見える。マンサード屋根であるところを見ると、離農した農家の牛舎のようだ。三十年ほど前には、たぶん使われていたのだろうと見える古さだった。

川久保はあたりを慎重に歩いて、篠崎牧場の様子を観察し、二十分後に母屋《おもや》の前に戻った。


翌日には、テレビ局も新聞社もほとんどが町から消えた。町に本来の退屈さと静けさがもどってきた。テレビのニュースも、牧場主殺害事件は報じなくなった。別の殺人事件がトップで報じられるようになったのだ。メディアの関心は、この小さな町の殺人事件からはすっかり離れてしまった。

捜査本部も、捜査の主眼を、本州方面へ逃げたと思われる研修生の追跡に移した。捜査員の何人かは、広尾署を離れて函館に向かったという。研修生を被疑者と断定するにはまだ不可解な点もあるようだが、まずは身柄を確保して事情を聴取してみなければ何も始まらないということのようだった。

川久保は、さらにその翌日、昼間に篠崎牧場を訪ねた。篠崎征男の次男、長女は、もう牧場を発《た》ったらしい。夫人も、実家に帰ったとのことだった。いま牧場に残っているのは、篠崎章一だけだ。搾乳は相変わらず酪農ヘルパーが続けている。篠崎の一族は牧場を畳むことを計画している、との話が、川久保の耳にも入ってきていた。

敷地の中に警察車を入れると、章一が自宅から外に出てきた。キャップにアノラック、白いゴム長靴姿だった。

「どうしました？」と、章一は、警戒気味の顔で聞いてきた。「まだ何か、あるんですか？」

川久保は首を振った。

「いいや。とくに何も。世間話をしにきただけなんだけど、いいかな」

「世間話ですか」

「忙しいなら帰る」

「かまいませんよ。どうせ搾乳はひと任せだ。牧場はやめることにしたんです」

「聞いた。親爺《おやじ》さんがせっかくこれだけ大きくしたのに」

「中国人がいたから、大きくできたようなものです。だけどまさかもう、中国人研修生を受け入れて続けるってわけにはゆかんでしょう」

「それはどうかな。やったって悪くないと思うが」

章一は、キャップを取って長く伸ばした髪をかいてから言った。

「研修生、捕まりそうですか」

「どうかね。わたしは捜査本部のメンバーじゃない。捜査の情報はわからないんだ。捕まって欲しいのか」

「そりゃそうでしょう」

「捕まらないほうが、都合がいいのじゃないかと思っていた」

章一の顔が、かすかにこわばった。

川久保は続けた。

「歩きながら世間話でもどうだ？」

答を待たずに、川久保は敷地奥の沢のほうへと歩き出した。

章一は、ひと呼吸遅れてついてきた。

「どんな世間話なんです？」

「まあ、ちょっと、一緒にきてくれ」

章一は、溜《た》め息《いき》をつきながら、無言で川久保に従ってきた。

工事現場の脇《わき》を通り、牧草地のあいだを抜けて、沢の岸へと下りた。岸に下り立つまで、章一はずっと無言だった。激しく緊張しているのがわかった。

川久保が岸辺に立つと、章一が横に並んで立った。川久保は章一の顔を見つめた。蒼白《そうはく》だ。川久保がこれから何を話そうとしているのか、十分に予想がついている顔だった。

川久保は、沢の上流に視線を移して、章一に訊《き》いた。

「お母さんが自殺したのは、この沢だね？」

章一は、明らかに狼狽《ろうばい》を見せて言った。

「おふくろは、交通事故で死んだんだよ」

「いいや。入水《じゆすい》自殺。あんたが、それを覚えていないってことはないと思うぞ」

「おふくろは、おれが小さいときに死んだんだ。そんなふうに聞かされた」

「六歳のころだったらしいね。わたしは、おふくろさんはこの沢に身を投げたんだと聞いている。この浅い沢で」

章一は応《こた》えない。川久保がその先何を言い出すのか、待っているという顔だ。

川久保は言った。

「上流には、離農農家の跡がある。昔は、この沢もこんなにきれいじゃなかったろうね。牛のし尿が垂れ流しだったんじゃないかな」

章一が訊いた。

「おふくろのこと、どこまで知っているんだ？」

「全然」と川久保は答えた。「世間の噂《うわさ》程度しか知らない。世間が知らないことでもあるのかい」

「おれに何を言わせたいんだ？」

「世間話さ。あんたと親爺さんとの仲のこととか、事件のこと」

「とくに話すようなことはないよ」

「じゃあ、ファッションの話はどうだ？　いつもは、どの長靴を履くんだ？　その白いやつか。Ｌ・Ｌ・ビーンのオリーブ色のが愛用じゃなかったのか？」

章一は、視線を足元に向けてから言った。

「何かほのめかしているのかい？」

「べつに。施設の工事の話題なんてどうだ。いつのまにか捨てコンが入ってるな。廃材を埋めていた穴も、すっかり土がかぶさってる。何が埋まっていようと、掘り返すのは容易じゃない」

「ほんとにあんたは何を言いたいんだ？」

「世間話だって。わたしは刑事じゃない。駐在として、聞いておいたほうがいいことなら、耳を貸そうと言ってるんだ」

章一はその場で向きを変え、いまきた道を戻り始めた。早足で、川久保から離れようとしている。肩がこわばっていた。

川久保は章一の背に呼びかけた。

「昔は、駐在でも融通がきいた。あんたのおふくろさんの死因に、目をつむることもあったかもしれない。実の息子としては許せないような対応があったかもしれない。だけど、いまはちがう。少なくとも、わたしはちがう。わたしは、この事件で不審な点があれば、報告しなければならない。違法な産廃処理についても、報告することになるだろう。それを覚えておいてくれ」

章一は振り返ることなく、牧場の中の道を母屋のほうへと立ち去っていった。


その翌日だ。

川久保が制服を身につけて事務室に出たとき、電話が鳴った。川久保は壁の時計を確認して受話器を取った。八時二十五分だ。

相手は広尾署の地域係の係長だった。

係長は、妙に動揺した声で言った。

「牧場主殺人事件で、いま息子が自首して出た。篠崎章一だ。中国人研修生が逃げた夜、研修生に罪をおっかぶせられると思いついて殺したというんだ。緊急逮捕した。お前さん、自首を勧めたんだって？」

川久保は、半分だけ驚きつつも答えた。

「いえ、勧めたわけではありませんが」

「何か情報を持っていたなら、どうして本部に上げなかったんだ？」

とくに問われることもなかった、と言いたかったが、それを口にはしなかった。

代わりに川久保は言った。

「いくらなんでも、単純すぎる見方だと思ったものですからね」

係長は、川久保の言葉が理解できなかったようだ。それ以上続けずに言った。

「自首してきたとき、章一は、二十四年前の章一の母親の死因について捜査し直してくれと言っているそうだ。何のことかわからんが、あんた、何か知っているか？」

「いいえ。何も」

「二十四年前の話だなんて、それが何だろうともう時効だがな。とにかく、そういうことだ。現場、再検証だ。いまから至急、現場保存に向かってくれ」

「はい」

受話器を戻してから、川久保は居間から持ってきたマグカップに手を伸ばした。

デスクの脇のメモが目に入った。この町の、篠崎菊江が死んだ当時の駐在警察官の名。彼が菊江の死に事件性なしとしてその件を処理したとき、彼は地元にとって最善のことをなしたと信じていたことだろう。その地域に赴任して長い駐在警察官として、もっとも望ましい正義を実現したのだと信じていたことだろう。

川久保は、意地悪くその名に問いかけた。

でも、あんたはその結果を、知りたくはないか？

その正義が二十四年後に何をもたらしたか、それを知ろうとは思わないか？

もとより詮《せん》ない問いであることは承知していた。川久保は首を振って、いくらかぬるくなった残りのコーヒーを、喉《のど》に流しこんだ。

帰り道は遠かった

黒川博行

「あ、そこ。そこで停めてください」

淀川区西中島。新御堂筋から淀川の堤防沿いを五百メートルほど西へ行ったところでタクシーを降りた。三台のパトカー、五台の警察車輛《しゃりょう》、班長の宮元《みやもと》が鑑識課員と話をしている。

「えらい遅いやないか。どこで何しとった」

私の顔を見るなり、宮元がいった。

「いや、ちょっと……」頭をかいてみせる。

「また飲み歩いとったやろ。ちょっとは年を考えたらどないや、年を」

放っといてくれ。自分の金で飲んどるんや。あんたにとやかくいわれる筋合いはない——思いつつも、私は、

「すんまへん、現場どこですか」

「その土手を上って向こう側や」

「そうでっか、ほな」

宮元の脇をすり抜けた——。

淀川河川公園西中島地区。テニスコート横の空地、三台の大型ライトを受けて、その車はあった。ウエストラインから上が青、下が黄色の派手なツートンカラー、まわりに四人の男が立っている。

私は土手を走り降りた。

「何や、黒さん、お早いお越しで。今夜はどこで飲んではりましたん」

振り向いたマメちゃんが宮元と同じことをいう。私は答えず、

「マメちゃんはいつここへ来た」

「一時間ほど前かな。ぼく、黒さんと違《ちご》てまじめな人間やさかい、夜はちゃんと家にいてますねん」

「まじめやない。雅子《まさこ》さんが怖いだけや」

「あんなオカメのどこが怖いんです」

「オカメとはよういうた。割れ鍋《なべ》にとじ蓋《ぶた》とはこのこっちゃ」

私はたばこをくわえ、「いつまでもマメのヨタ話につきおうてられへん。教えてくれ、事件の概略を」

「へい、へい、何なりと」

「まず被害者《ガイシャ》からや」

「名前は柴田徳治《しばたとくじ》。三十九歳。いろは交通のタクシードライバーです」

「まだ見つかってへんのか」

「ぼくのカンでは、たぶん死んでますね。日報を見たら、きのうの晩八時ごろからあと、何も書かれてないんです」

今は午前二時、柴田が消息を絶ってから六時間が経過している。

「売上金は」

「一銭も残ってません。売上げの推定二万三千円と釣り銭の一万円、計三万三千円が奪《と》られてます」

「強盗《タタキ》やな」

「そう、強盗です」

「車内の状況は」

「助手席に血がべったり。運転席にも少々」

「そうか……」

私はドアの開いている運転席側にまわった。頭をつっこみ、車内のようすを見る。

助手席の黒いレザーシートの上にバレーボール大の血だまり。背もたれの白いシートカバーにも大量の血が付着して、下半分はチョコレート色に染まっている。運転席のヘッドレストとシートカバー、薄っぺらいギンガムチェックのクッションに血痕《けっこん》。ダッシュボード、フロントガラス、サイドウインドーのところどころに血が飛び散って黒くこびりついている。

「こいつはどうも刃物を使うたんではなさそうやと、鑑識の連中はいうてましたわ」

後ろからマメちゃんがいう。「犯人は鈍器で被害者の頭を殴りつけた。被害者は昏倒《こんとう》、助手席側に崩れ落ちる。そこで頭から大量の血。犯人はいったん車外へ出て運転席のドアを開け、被害者を押しのけてそこへ坐《すわ》る。それから車を運転して……」

「ちょっ、ちょょっと待ってくれ」

私は振り向いた。「犯行現場はここやないんか」

「どこのタクシードライバーがこんなうすら寒い河川敷の公園に車を乗り入れたりしますねん。家も建物もおませんがな」

「そういや、そのとおりやな」

「それに、ここは砂地です。車内から被害者を引きずり出したら、跡が残りますわ」

「引きずり出さずに、抱え上げたらええやないか」

「車から出た足跡は一本だけ。まっすぐ土手に向かってます」

「犯人は柴田を殴りつけたあと、ここへ来る途中で死体を棄てたというわけやな」

「そういうことですやろ」

「となると、第一犯行現場を特定せんことにはどうしようもないな」

「そいつは案外簡単かもしれませんで」

「どういうこっちゃ」

「こっちへ来てください」

　マメちゃんは私の上着の裾《すそ》を引く。車の後部にまわった。

「どないです、これ」

「ほう……、けっこうやっとるやないか」

　車はかなり損傷していた。リアバンパーはひしゃげて車体にめり込み、ウインカーは両方とも砕けて粉々、トランクリッドはねじ曲ってリアフェンダーとの間に二センチほどの隙間がある。

「犯人、よっぽどあわてたんか、どこぞで事故をしよったんですわ」

「相手は何や。電柱か」

「車です」

「車……」

「フェンダーの一部に塗料が付着してました。色はシルバー。夜が明けるまでには車種が判明しますやろ」

「手がかりとしては有力やな。車同士の事故やったら、シルバーの車を運転してた人物は犯人を目撃してる。ひょっとしたら示談話をしてるかもしれん」

「そう、そういうこと」

「いずれにしても、そのシルバーの車を特定することが先決や」

「手がかり、まだありまっせ」

「何や」

「ラジカセですわ。色は赤で、大きさはこれくらい」

マメちゃんは両手を広げてみせる。間隔は約六十センチ。

「柴田がラジカセなんぞ車内に持ち込むわけないし、犯人の遺留品やないかとみて、南淀川署に持ち帰りました。今、鑑識で調べてます」

「カセットは入ってたか、そのラジカセに」

「空ですわ。ラジカセの蓋は開いたままやったし、カセットは犯人が持って逃げたんやないかと班長はみてます」

「カセットには犯人につながる何かが録音されてた……。な、そうやな」

私はマメちゃんの同意を求める。と突然、眼の前に白い光が走った。

「びっくりするやないか」

「火のついてないたばこをいつまでくわえてますねん」

手にはライター、マメちゃんは自分もたばこを口にくわえて、いった。

「頭ぐらい梳《と》いたらどないです。ぼさぼさでっせ」

南淀川署会議室、マメちゃんは私の隣に腰を下ろすなり、そういった。

「わしゃ眠たいんや。頭梳く暇があったら、たとえ一、二分でも眠りたい」

「顔は洗《あろ》たんですか、歯は磨いたんですか」

「そんな一般常識人のするようなこと、このわしがすると思うか」

「これやもんな。黒木憲造《くろきけんぞう》、三十六歳にしていまだ独身。よほどの変態でない限り、生活をともにしようとはいわへん」

「やかましい。どんなに横着や不潔やと罵《ののし》られようと、わしゃ結婚なんぞせえへんぞ」

「せえへんのやない、できへんのです」

きのう……いや、今朝の三時、私とマメちゃんは河川公園をあとにした。マメちゃんは千里ニュータウンの自宅に帰り、私はここ南淀川署で仮眠をとった。起きたのは七時半、たった四時間しか眠っていない。

「熱いコーヒー、飲みたいな」

私はたばこを吸いつけた。頭がクラッとする。

午前八時、偉いさんが部屋に入って来た。南淀川署の署長、副署長、刑事課長、そして我が宮元班からは、宮元と、係長の服部《はっとり》。五人は黒板を背に並んで坐った。

捜査会議の開始である。

初めに、署長が立って、南淀川署に捜査本部が設置された由を告げた。

次、宮元が立ち上る。髪の薄い頭をひとなでして、

「昨日、六月二日。午後十時二十分、淀川区西中島の淀川河川公園において、城東区野江のタクシー会社、いろは交通の営業車が発見された。発見者は――」

淀川区木川東の会社員、斉藤康夫《さいとうやすお》。斉藤は犬を散歩させていて、車を発見した。日頃、河川公園内で車を眼にすることはほとんどない。車はライトが点《つ》いておらず、そばへ寄ると、運転手の姿もない。不審に思った斉藤はドアに手をかけて引いてみた。ドアは開いた。見ると、助手席のシート上に黒くドロッとした液体。それが血だと知った時、斉藤は犬の鎖を放り出し、後ろも見ずに駆け出していた――。

「タクシー乗務員の名前は柴田徳治。三十九歳。住所は旭区森小路《もりしようじ》二丁目Aの三〇八。公団住宅や。家族は三十六のよめはんと、小学校五年の息子。柴田の血液型はA。車内に付着してた血液もAであることから、これは柴田のものであろうと考えられる。出血量は推定で四百から六百cc、かなりの量や。運転日報によると、柴田は六月二日、午後七時五十分、北区曾根崎で拾《ひろ》た客を阿倍野《あべの》の近鉄駅前で降ろしてる。それからあと、タコグラフを見たら、十五キロほど空車で流しとるんやが、どこをどう走ったかは分らん」

「それはちょいとおかしいですな」

ごま塩頭の所轄捜査員が口を開いた。「柴田はタクシーの中で殴られてます。ということはつまり、犯人はいったんタクシーを停めて、車内に乗り込まなあきません。そしたら、柴田は行先を聞いて、メーターを倒すはずです。犯人、メーターを倒す前に、いきなり柴田を殴りつけたんでっか。……普通、タクシー強盗いうのは、どこぞ人気のないところへ車を誘い込んで、そこで、金を出さんかいと刃物ちらつかせるのが手口でっせ。犯行時間がまだ宵の口の八時すぎいうのも気に入りませんわ」

「そこや。そこがわしらにも疑問やったんやけどな」

すかさず、宮元は応じる。「タクシーの後部には真新しい衝突痕があるんや。付着した塗料を分析した結果、ぶつかった相手はSクラスのベンツで、色はシルバーやった」

「すると何でっか、柴田は事故の後処理をしてて……」

「そう。柴田とベンツの運転者はタクシーの中で示談話をしてた。で、その話がもつれたあげく、ベンツは柴田を殴った。メーターが倒されていないのも、これで納得できる。全体の状況から判断して、こいつはそうひどい推論ではない」

「なるほど、そういう考え方もできんことおませんな」

ごま塩頭はそういい、「ほな、犯人は複数である可能性もありまっせ」

「ある。ベンツに乗ってたん、一人とは限らん。それに、車種から考えて、持主はこれの可能性もある」宮元は指で頬を切る。

「ちょっとすんません」

前の方で手が上った。「タクシーの車内から、柴田以外の指紋とか掌紋は」

「そら客商売やし、いたるところ指紋だらけやった。現在、照合中や」

「毛髪はどうです」

「上の毛から下の毛まで百本近う採取したけど、長さも色も種々雑多。こっちの方はほとんど手がかりにはならん」

「遺留品はどうです。赤のラジカセは」

「あれはあかん。柴田の奥さんに聞いたら、ラジカセは柴田の持ちもんやった。……ラジカセを何で柴田が車内に持ち込んだか、それは分らんというてたけどな」

「カセットは一本もなかったんですやろ」

「なかった。これはわしの個人的意見やけど、柴田は犯人との示談話を録音して、それで犯人はテープを持ち去ったとも考えられる」

そんなあほなことあるかい。それやったら柴田、事故の発生を予期してラジカセを用意してたことになるやないか——と、これは私が胸の奥でいった言葉。

「いずれにしろ、今はベンツを洗うのがいちばんの早道やと、わしは思う」

「ベンツについてもっと詳しいこと教えてもらえませんか」

他の捜査員が発言した。宮元はテーブル上のファイルを手にとり、

「ベンツのSクラス。正確には、SE、SEL、SECの三種類。大阪府下の登録台数は約四千台。そのうち、シルバーが七百台。現行最新型は一九八一年一月から輸入されてて――」

「ね、黒さん」

マメちゃんが話しかけてきた。「こいつは相当の長期戦を覚悟せなあきませんね。七百台ものベンツをいちいち洗うてたら、ひと月やふた月では済みませんで。それに、ぶつかったベンツは、必ずしも大阪府で登録されてるとは限りません」

「ま、効率のええ捜査とはいえんな」

「ぼく、いやでっせ。靴底すり減らしてこつこつ歩きまわるの」

「好きで歩きまわる人間が、どこの世界におる」

「そら班長はよろしいがな。自分は帳場に居坐《いすわ》ってて、ぼくらをあごでこきつかうだけ。しんどいめするのは、いつもぼくら下っ端ですわ」

「給料が少なけりゃ少ないほど仕事はきつうなる、それが世の常や」

「おっ、えらい悟ってますやないか」

「あたりまえじゃ。わしはな……」

「こら、そこの黒マメ、何を喋《しゃべ》っとる」

宮元に叱られた。私もマメちゃんも下を向く。いつもとばっちりを食うのはこの私だ。

――それから一時間、今後の捜査方法や人員分担について具体的な検討がなされた。私とマメちゃんに与えられた仕事は柴田の身辺調査。彼の交友関係を調べ、そこに犯人につながる何らかの手がかりを見出《みいだ》すのが目的だった。可能性としては薄弱だが、調べないわけにはいかない。


「そうでんな、最近の柴田のようす、別に変わったとこはなかったですな」

城東区関目《せきめ》のパチンコ店『ニューヨーク』。いろは交通のドライバー橋口圭一《はしぐちけいいち》は玉を弾《はじ》きながらいう。今日、橋口は明け番だ。

「最近、柴田さんに会いはったんはいつのことです」

橋口の後ろに立ち、玉の動きを眼で追いながらマメちゃんは訊《き》く。橋口は一服吸いつけて、

「五日前かな。あいつといっしょに住之江の競艇場へ行きましたわ」

「柴田さん、賭《か》けごとが好きなんですか」

「いうたら何やけど、徳治のやつ、最低でっせ。博奕狂《ばくち》いやさかい、いつもピーピーいうて、わしらに千円、二千円の金を借りまわってたんですわ。返す気なんか、まるっきりないくせにね。たまに飲みに行っても、勘定はいつもわし。あんなやつとつるんでたら損するばっかりや」

「けど、会社では、橋口さんと柴田さん、いちばんの遊び友達やと聞きましたで」

「あいつとわしは腐れ縁。わしのよめはん、あいつのいとこですわ」

橋口は熱のこもらぬふうにいい、「くそったれ、全然あきまへんがな。もう七千円も突っ込んでますねんで。何や喋りながら打ってると身が入りませんな」

立ち上って、ポケットからくしゃくしゃの札をつまみ出す。

「最後にひとつだけ」

私はいった。「柴田さんは、いつも車にラジカセを積んでましたか。赤いラジカセを」

「知りませんな。見たこともない。だいいち、あんな大きなもんを車に載せてたら、客の邪魔になりますがな」

橋口はふてくされたようにいい、玉貸し場へ行った。

――パチンコ店を出た。

「気に入りませんね、橋口の態度。生意気や」マメちゃんはいう。

「タクシーの運転手いうのは人嫌いが多いんやろ。人とつきあうのがいややから、運転手をやってるともいえる」

「ぼくね、もひとつ気に入らんことがあるんですわ」

「何や、どういうこっちゃ」

「捜査会議のとき、班長は示談話のもつれで柴田がやられたんやないかというてましたやろ」

「ああ、いうてた」

「ぼく、必ずしも同意はしてませんねん。そういう発作的な犯行やったら、犯人、売上金を盗んだりしませんやろ。それに、柴田を殴りつける得物を用意してませんがな」

「うん、それもそうや」あっさり肯定する。考えるのが面倒だ。

「もっと腑《ふ》に落ちんのは、柴田の、たぶん死体を、どこぞに棄てたこと。単なるタクシー強盗にせよ、示談話のもつれによる衝動的犯行にせよ、ひっかかることが多すぎますわ」

「そんな深読みをせなあかんほどのややこしい事件とは、わしには思えんけどな」

「ラジカセ、事故、死体遺棄……。ほんま、どないなってますねん」

ぽつりといい、マメちゃんは足許《あしもと》の小石を蹴《け》った。

関目のうどん屋で昼飯を食べ、南淀川署の捜査本部へ戻ったのは午後一時だった。部屋には誰もいない。

「どないしたんやろ。バテレンもおりませんがな」

班の連中は宮元のことをバテレンと呼ぶ。まだ五十を少し過ぎたばかりなのに、頭頂部を見事に光らせ、短く切り揃えた前髪を無造作になでおろしているのがその名の由来するところだ。

「鬼のいぬ間の洗濯。ちょいとお昼寝でもするか」

私は椅子に深くもたれかかり、足をデスクの上にのせた。と、そこへ、

「誰がバテレンや、何がお昼寝や」

衝立《ついたて》の向こうからあのだみ声。宮元が出てきた。「おまえら、今すぐ現場へ行け。トリさんや他の連中も出たばっかりや」

「現場て、河川公園ですか」

「あほ。大正区じゃ」

「大正区……」

「テレビのニュースを見た人からついさっき通報があったんや。名前は若山誠一《わかやませいいち》。倉庫会社の保安係で、きのうの晩、会社の前にベンツとタクシーが停まってるのを

目撃したらしい」

「それ、確かな情報ですか」

「ベンツは銀色、タクシーは青と黄色のツートンカラー、尾灯が壊れてたそうや」

「了解。行って来ます」

十三《じゅうそう》から阪急で梅田、環状線に乗り換えて大正駅。駅前でタクシーを拾った。大正区小林町の大正内港。尻無《しりなし》川と木津川運河を結ぶ小さな内港だ。昭和三十年代までは貯木場だったという。

「あそこですわ。トリさんがいてる」

マメちゃんが指をさす。タクシーを降りた。

二車線の舗装路。北側は鉄骨スレート造りの倉庫が三棟、南側は内港、岸壁に小型クレーンが据え付けられている。

「係長、遅うなりました」私は服部に声をかけた。

「おう」

服部は小さく手を上げる。痩《や》せた体、くすんだ茶色の背広、浅黒いというよりは黄色っぽいその顔には深い皺《しわ》が何本も貼りつき、それが窪《くぼ》んだ眼と前に突き出た厚い唇をとりまいている。

「ここや。ここでベンツとタクシーがぶつかった」

クレーンのこちら、雨水溝附近に赤いプラスチック片やガラスのかけらが散乱しているのを、鑑識課員が撮影している。

「そこの倉庫会社の保安係がいうには、ベンツがタクシーに追突したらしい。ガシャンという大きな音がしたんで窓から覗《のぞ》いてみたら、赤いジャンパーに黒ズボンの男がちょうどタクシーの助手席のドアを開けようとしてたとこやった」

「その男、どんなやつです」

「小肥《こぶと》りでチリチリのパンチパーマ。見るからに極道やった」

「ベンツには誰も？」

「それは分らん。ベンツはタクシーの十五メートルくらい後方に停まってた。ヘッドライトが片方消えてたそうや」

「目撃した時間は」

「午後八時三十分。この辺は倉庫や工場ばっかりやし、今のとこ、その保安係の他に目撃者はいてへん」

「柴田は事故のあとで殴られたんですかね」

首をひねりながらマメちゃんはいう。犯人は柴田を襲ったあと、河川公園へ行く途中で事故を起こしたというのがマメちゃんの説だった。

「凶器はヘドロの底に沈んでるかもしれませんな」

いって、私は岸壁の向こうを見やる。艀《はしけ》が十数隻と貨物船が三隻、港内に停泊している。水面は濁った茶色で、ドブのようなにおいが時おり鼻をかすめる。

「港を浚《さろ》うてみないかんやろ。ひょっとしたら柴田の死体も揚がるかもしれん。ブロック抱えて水の底、その可能性は充分にある」

服部は上着のポケットに両手を突っ込み、「土左衛門《どざえもん》いうのはかなわん。まっ白でぶよぶよ、おまけに倍ほどに膨れ上っとる」

もうまるで柴田の死体が引き揚げられたかのように肩をすくめる。

「けど、おかしいな」

マメちゃんがいった。「こんな人気のないとこへ、何で柴田は来たんやろ。客を拾うんやったら大通りを流すべきです」

「ちょいと仮眠でもしよと思たんや」

「そやけど……」

「おまえら、こんなとこでボーッとしてんと、早よう訊き込みにまわらんかい」

服部は邪険に手を振った。

——そして三日、柴田はまだ見つからない。連日、大正内港の捜索は続けられているが、網にひっかかるのはタール状の泥とゴミばかり。何ごとも目算どおりにはいかない。

「七時や。帰るか」

ＪＲ阪和線、和泉砂川《いずみすながわ》駅前、私はマメちゃんにいった。「今日は何軒まわったかな」

「三軒ですわ。ほんま、よう歩いた」

マメちゃんと私は自動車修理工場を巡り歩いている。対象車はシルバーのベンツ。朝、府下のディーラー、工場に電話をし、最近ベンツが持ち込まれていたなら、その修理箇所、損傷状態を訊《たず》ね、ものになりそうだったら、直接、工場へ出向いて調べてみる。私とマメちゃんの担当地域は大阪府下の和泉市から西――岸和田、貝塚など五つの市と、熊取など三つの町である。

「黒さん」

「ほい」

「今晩あたり、どないです」

「酒か……」

「毎日毎日、こんなしみったれた訊《き》き込みしてたら気が滅入《めい》ります。たまにはワーッと歌でも歌わんことには明日《あした》の活力がわきませんわ」

「飲むのはええけど、わし、あんまり持ってへんで」

「大丈夫、ぼくに任してください」

それを聞いた私は手をメガホンにした。

「よっ、太っ腹、お大尽」

「ぼくね、今日は一万円持ってますねん」

「あほたれ。おととい来い」


——と、いいつつ、捜査本部へ戻って報告を終えたあと、私とマメちゃんはキタへ繰り出した。一軒めは炉端、二軒めはパブ、そこでマメちゃんの一万円はなくなった。

曾根崎通りをほろほろ歩きながら、

「どないします。帰りますか」

「まだ十時前や。こんな早よう帰ったらお天道《てんとう》さまに申しわけない」

「お天道さん、とっくの昔に沈んでまっせ」

「ほな、ネオンさまに申しわけない」

「黒さん、酔うてるわ」

「さて、ほんまにどないしょ」

私は立ち止まり、ポケットの札を出す。三千円あった。

「よっしゃ。これを五倍にしよ」

千円をマメちゃんに渡し、ちょうど行きあたったパチンコ屋に入った。

――二十分。二千円は消えた。

立ってマメちゃんの席に行くと、台の前に青い箱を三つも並べていた。

「へっへー、大したもんですやろ」

「ちょっと寄越せ」受け皿に手を出す。

「あかん、あかん。そんなことされたらツキがなくなります」

「元はといえばわしの金やないか」

「勝ったんはぼくです」

「汚いぞ」

「どっちが汚いんです」

早々に切り上げて、交換所へ行った。マメちゃんは壁の景品を眺めながら、

「一万円はありますやろ。もう一軒行けまっせ」

「よし、上出来や」

「あっ……」

「何や、どないした」

「あれ見てください」

マメちゃんの指さす先に景品のラジオカセットがあった。スピーカー分離タイプのダブルデッキ、玉九千個の札が付いている。

「今、思い出したんやけど、いろは交通の橋口、ラジカセのこと知らんというてましたな」

「どういうこっちゃ」

「黒さんが橋口に訊いたやないですか。柴田さんはいつも車に赤いラジカセを積んでましたか、と」

「そういや、訊いたな。橋口、見たこともないと答えよった」

「それだけやおません。あんな大きなもん積んでたら客の邪魔になる、といいました」

「うん、確かにいうた」

「見たこともないラジカセが客の邪魔になるくらい大きいと、橋口は何で知ってたんです。ウォークマンみたいな小《ち》っこいラジカセもありますがな」

「あれはヘッドホンステレオ。ラジカセは大きいものという観念があるやないか」

「そうかな。ほんまにそうやろか」

マメちゃんは首を傾げ、「あの橋口、どうも気に食わん。柴田のことをぼろくそにいうてました」

「借りた金を返さんからやろ」

「それが分ってて、何でいっしょに競艇へ行くんです、何で飲みに行くんです。橋口にとって柴田は、義理であるにせよ、いとこです。そのいとこが殺されたかもしれんというのに、橋口は平然としてました。黒さんはどうです、おかしいとは思いませんか」

「わしゃ、別に思わんけどな」

うーん、マメちゃんは眉根《まゆね》を寄せて考え込む。

「ちょっと、お客さん」

交換所のおばさんがいった。「そんなとこにずっと立ってられたら困ります。用がないんやったら出てください」

——追い出された。

「黒さん、ぼく、先に帰ります」

「何や、何や、つきあいわるいぞ」

「自分から誘うといていいにくいんやけど、今日はこの辺で堪忍して下さい」

マメちゃんは景品のテグスのいっぱい入った紙袋を私に押しつけ、「すんません、この埋め合わせは必ずしますから」

いうなり、クルッと後ろを向いて走りだした。

「こら待て、卑怯《ひきよう》者。まだ歌《うと》を歌てないやないか」

マメちゃんは見る見る小さくなって、人波の向こうに消えた。

「あーあ、淋《さび》し」

あくびが出た。飲む気は失《う》せた。


「お、どないした。よめはんのおっぱいが恋しいいうて夜も更けんうちに逃げ帰ったくせに、今朝はえらいしんどそうな顔をしてはるやおませんか」

捜査本部、隣のデスクに腰を下ろしたマメちゃんに、私はいった。

「黒さんこそ、遅刻もせずにちゃんと出て来はりましたんやな」

「酒を飲んでも、しくじったことは一度としてない」

「ようそんな口から出まかせを平気でいえますな。閻魔《えんま》さんに舌抜かれまっせ」

「かまへん。わしゃ二枚舌や」

「きのうはね、用事を思い出したんです」

「用事て何や。これか」私は小指を立てる。

「そんなしゃれた遊びができるほどの給料、もろてませんわ」

「金はあっても、その顔と体型ではな……」

「どういう意味です、それ」

「別に意味はない」

「ぼくね、黒さんと別れたあと、いろは交通へ行きましたんや」

「いろは交通？　いったい何をした」

「詳しい話はあと」

マメちゃんは周囲を見まわして、「ちょっと外へ出ましょ。朝のコーヒーでもどうです」

耳許《みみもと》でささやいた。私はうなずいて立ち上る。宮元を横眼に見ながら部屋を出た。

バス通り。喫茶店を探して角の信号まで来た時、ふいにマメちゃんが手を上げた。タクシーが停まる。

「さ、乗ってください」背中を押された。

「ちょっと待て。どこへコーヒー飲みに行くんや」

「城東区野江。貿易学院の前まで」

ドアが閉まるなり、マメちゃんはいった。

いろは交通の従業員休憩室。橋口圭一は隣の仮眠室から眼をこすりながら出て来た。パイプ椅子を引き寄せて、さも疲れたように腰を下ろす。

「何ですねん、こんな朝早ようから」

橋口はパジャマの胸をはだけて首筋をかく。

「すんませんな、お寝《やす》みのとこ」

「わし、三時間しか寝てないんでっせ」

「ま、そういわんと。たばこ、どうです」

マメちゃんはキャビンを差し出す。橋口は黙って一本抜き、テーブル上の徳用マッチで火を点《つ》けた。

「このあいだ、ぼくらがここへ来た時、橋口さん、柴田さんといっしょに競艇へ行ったとかいうてはりましたな」

「ああ、いいましたで、確かに」

「ぼく、うっかり聞き忘れたんやけど、住之江の競艇場、何人で行ったんです」

「えっ……」一瞬、橋口の顔に狼狽《ろうばい》の色が見えた。

「橋口さんと柴田さんの二人だけでしたか」

「さあ……どないやったろ」橋口は首をひねる。

「こら妙ですな。つい十日ほど前のことを忘れはったんですか」

「そや、そや、思い出した。山中《やまなか》もいっしょでしたわ。配車係の山中」

「そう、そのとおり。あなたは、山中さん、柴田さんと、三人で住之江へ行ったんです」

「何や、知ってますんか」

「きのうの夜、山中さんに会うて、話を聞きました」

「どんな話ですねん」たばこを吸う橋口の指先が震え始めた。

「山中さんがいうには、柴田さんと橋口さんは一レースに二万円ずつ賭《か》けてたそうですね。それで二人とも十万円ずつ負けた……」

「あれは確かにひどい負け方でしたな」橋口は笑ってみせるが、眼は笑っていない。

「立ち入ったこと訊《き》くけど、十万円もの小遣い、どこで都合しはったんです」

「そんなもん、いちいち説明することおませんがな」

「ほう、説明できんわけでもあるんですか」

　橋口は返事をしない。

　マメちゃんはテーブルに片肘《かたひじ》をつき、橋口の顔をじっと見て、

「山中さんもぼくと同じ疑問を持ったそうです。で、柴田さんにいうた。えらい豪勢な遣いっぷりやな、と。すると柴田さん、このあいだ、桜之宮でおもろい客を拾たんやけど、そいつが大そうなチップをくれたんや、というから、『そら、チップ

やのうて財布でも忘れたんやろ』と、山中さんは訊いてみた。柴田さんはにやっとして、そんなことしたらネコババや、手が後ろにまわるやないか、と答えたそうです。それで、今度の開催日はもっと大きな勝負をしたる、ともいうたらしい。……どうです橋口さん、今ぼくがいうた二人のやりとり、憶《おぼ》えてますか」

「知らん。憶えてへん」

「けど、あんた、それを横で聞きながら笑うてたそうやないですか」

「………」橋口の背中が丸くなる。

「とぼけたらあかんで。何やったら、ここへ山中さんを連れて来るか」

「知らん。わしは知らん」橋口の絞り出すような声。

「ええ加減にせんかい」

　マメちゃんはテーブルを叩《たた》いた。「いつまでも知らぬ存ぜぬで通るほど警察は甘うないんやで。同僚に聞いてみたら、あんたも柴田も遊び好きで、年がら年中金づまり。会社にもかなりの額の前借りをしてるというやないか。あんた、どこで金を手に入れた。何で刑事に嘘をつくんや」

「すんまへん」

　橋口は頭を下げた。「――柴田のやつ、脅喝《ゆすり》をしてたんです」

「脅喝？」

「柴田は、わしにいいました。その桜之宮で拾た客というのは、アベックやったんです。男は三十半ば、女は四十前後。見るからに不倫の関係やったそうです」

——都島区桜之宮、一帯は大阪でいちばんのラブホテル街である。

五月二十日、午前二時、柴田は桜之宮で客を乗せた。箕面《みのお》の百楽荘《ひゃくらくそう》を経由して茨木《いばらき》へ行ってくれ、男は少し酔った声でそういった。

天六から豊崎、新御堂筋を萱野《かやの》へ。国道一七一号線を西に折れ、牧落《まきおち》の交差点を北へ一キロ。百楽荘へ着くまでの間、リアシートの二人はかたときも離れることがなかった。男の手は女のスカートを割り、女は男の背中をかき抱く。「ね、今度いつ会える」「今週は無理だ」「冷たいのね」「こういうことはほどほどにしなきゃな」「あ……」

この種の客に馴《な》れがあるとはいえ、後ろの動きが気になって、柴田はルームミラーばかり見ていた。

「ここ、ここで停めて」それまでの痴態が嘘かと思うような醒《さ》めた声で女がいった。長い築地《ついじ》塀の、どっしりとした冠木《かぶき》門の真前だった。「これ。お釣りはいらないから」女は一万円札を柴田に手渡し、車を降りた。柴田はゆっくりと車を出す。女が邸内に入るのが見えた。

一七一号線を東へ。茨木市耳原で車を降りるまで、男は口をきかなかった。料金は六千二百円。三千八百円のチップだった。

大阪市内へ帰ろうと萱野まで来た時、柴田にある考えが浮かんだ。さっきと同じコースをたどって百楽荘へ走り、あの冠木門の手前で車を停めた。人通りはない。ここは府下有数の高級住宅街だけに、附近の住宅はどれも大きく、広い。中でもひときわ豪壮なのがこの冠木門の邸《やしき》で、敷地は五百坪、和風銅板葺《どうばんぶ》きの平家は百坪を優に越えているだろう。

柴田は車を降りた。築地塀に沿って歩き、門の表札を確認した。

五月二十日の午後、柴田は明け番だった。家には誰もいない。息子は小学校、妻はパートに出ていた。柴田はラジカセを電話のそばに置いた。カセットを入れ、ラジカセと電話機をコードでつなぐ。コードは片方が小さな円盤状の集音装置になっていて、これを電話機の底に貼り付けると、通話を録音することが出来る。昼前に近くの電器店で買ってきた。

柴田は一〇四で、きのう確認した表札の主の電話番号を訊いた。番号が分った。ラジカセを録音状態にし、ダイヤルをまわした――。

「なるほど。そういうことやったんか」

橋口の話を聞き終えて、マメちゃんは大きくうなずいた。「あんた、そのテープを聞いたことあるか」

「ええ」橋口はこっくりして、「テープはわしが持ってます」

「何やて」

「柴田のやつ、自分で持っとくのはヤバいからというて、わしに預けよったんです」

「どこや、どこにある」

「わしのロッカーです」

「よし、行こ」

ロッカー室――。

これがそうです、橋口はハトロン紙の大型封筒を取り出した。受け取る。セロハンテープでぴったり封をしてある。

私は破った。封筒の中にまた封筒、カセットを抜き出した。メモの類《たぐい》はない。

「どこぞにデッキないか」

「あります。事務所に」

橋口はロッカー室を走り出て行った。いったん吐いてしまった小悪党は、ほとんど例外なく我々に対して人が変わったように協力的になる。

橋口が戻って来た。手には古くさい型のカセットデッキ。プラグをコンセントに差し込み、カセットを入れて再生する。

もしもし――。女の声。年は四十前後か。

おれ――。くぐもった男の声。かなり不明瞭《ふめいりょう》。

――おれって？　――何をいってる。きのう会ったばかりだろ――。ごめんなさい。声が違うような気がして――。風邪をひいたんだ。二人とも素裸だったもんな――いやらしい人――。今度いつ会う――。あなた、今週はだめだって……えっ――。何だ、どうした――。あなた誰、ほんとにマキオさん？

プツッとそこで通話が途切れた。あとしばらくテープをまわしてみたが、何も録音されてはいなかった。

「そうか。こういうからくりやったんか」

ぼそっとマメちゃんはいい、橋口に向かって、「このテープをネタに、柴田は女を脅喝《ゆす》ったんやな」

「そう、そのとおりです」

「柴田はうまいこと喋《しゃべ》るやないか、東京弁を」

「あいつは千葉の生まれです。中学を出るまで向こうにおりました」

「柴田、何ぼほどかすめ取ったんや」

「知りません」

「あんた、柴田から分け前をもろたんやろ。住之江の競艇場や」

「あれは違います。あの十万円は柴田に奢《おご》ってもろたんです」

「ものはいいようやな。で、百楽荘の女は何者や」

「それも知りません」

「隠しごとすると、ためにならんで」

「これはほんまです。柴田のやつ、肝腎《かんじん》なとこは喋りよらんのです」

「それ、嘘やないな」

「ここまで来て、嘘なんぞつきません」

「よし、分った。これは預っとく」

マメちゃんはデッキからカセットを抜いて、上着の内ポケットに入れた。私は橋口の肩を叩いて、

「な、橋口さん、フケたらあかんで。今度は出頭してもっと、調書を取らないかんからな」

念を押して、ロッカー室を出た。橋口は今にも泣きだしそうな顔をしていた。

マメちゃんと私は野江からタクシーに乗った。時間が惜しかった。

箕面市西小路《にししょうじ》、市役所の前でタクシーを降りた。館内に入り、受付で市域の詳細な地図を閲覧したいといった。

地図は左奥のロビーにあった。

百楽荘一、二丁目と、三、四丁目、詳細図は二枚に分割されていた。どちらも新聞紙大の大きさで、住宅には一つひとつ居住者の姓が書かれている。敷地が五百坪を越すような個人の住宅は数えるほどしかない。私はメモ帳に、該当する住宅の所在を書き込んだ。

市役所を出た。百楽荘までは二キロ、歩いて二十分だった。

百楽荘一丁目、該当の二軒はどちらも洋風の家で、冠木門はなかった。

二丁目、これもだめだった。

そして、三丁目。

「あった、これや」マメちゃんがいう。

その邸は薄茶色の高い築地塀に囲まれ、塀の中央部に冠木門、すぐ右横はガレージになっていた。

私は冠木門の表札を確認した。《島畑慎一郎《しまはたしんいちろう》》、とあった。

「黒、黒さん」

マメちゃんが上着の裾《すそ》を引く。「そこにおもしろいもんがおまっせ」

パイプシャッターのガレージ、奥に二台の車が駐《と》められている。一台はＢＭＷ、もう一台は、

「ベンツやないか」

　ベンツ五〇〇ＳＥＬ、色はシルバーだ。後ろ向きに駐められているから、ヘッドライトやフロントバンパーがどうなっているかは分らない。

「こいつはひょっとしたら、瓢簞《ひょうたん》から駒ですわ」

「どうする、何人か連れて出直すか」

「ここまで来て、出直すはないでしょ」

「しかし……」

「あたって砕けろ。突っ込みましょ」

　マメちゃんはインターフォンのボタンに指を近づける。

「待て。やめとけ」

「やめられますかいな。鼻先にニンジンがぶらさがってますねん」

　マメちゃんはボタンを押した。

　――はい。――すんません、警察です。――えっ。――ちょっと聞きたいことがあるんですけど。――どういうご用件です。――あの、門を開けてもらえませんか。――ほんとに警察の方ですか。――こっちへ来てくれたら手帳を見せます。――分りました。お待ちください。

　しばらく待って、扉の向こうに誰かが近づいて来る音。通用口が開いた。

顔をのぞかせたのは、ひっつめ髪の小柄な女性で、年は五十すぎ、白いブラウスにグレーのカーディガンをはおっている。

マメちゃんは手帳を呈示して、

「奥さんですか」

「いえ、私は使用人です」

「奥さんにお会いしたいんですけど」

「今日は池田へ行ってはります」

「池田？」

「はい。五月丘《さつきがおか》の清友会病院です」

「どこか具合でもわるいんですか」

「ご主人の病院です。……ご主人は清友会の理事長です」

「どうりで、立派なお邸《やしき》ですな」

マメちゃんはガレージを見やって、「あのベンツですけどね、えらい事故してますな」

「よくご存じですね。外から見えますか」

「誰が運転してはりましたん」

「奥さまですけど……、それが何か」

「いや、何でもおません」

いって、マメちゃんは私に片眼をつむってみせる。私は前に出て、

「失礼ですけど、おたくさん、この家には何年ぐらい……」

「もう十年になります」

「ほな、たいていのことは知ってはりますな。……まず、島畑家の家族構成から教えてもらいましょか」

メモ帳とボールペンを手にとった。

池田市五月丘。医療法人清友会池田病院、四階の応接室。凝った織りのテーブルクロス、抽象の油絵。革張りのゆったりしたソファ、ガラスのテーブルをはさんで、島畑佳苗《かなえ》が坐《すわ》っている。夫の慎一郎は医師会の会合で朝から京都へ行っていると聞いた。

「ついさっき、箕面のお宅でベンツを見たんですわ。片方のヘッドライトは割れてるし、ラジエーターグリルはひしゃげてる。それやのに、ぶつかった相手も、その場所も知らんとは、どういうわけですねん」マメちゃんはいう。

「でも、憶《おぼ》えてないんです。本当に」

佳苗は視線を膝《ひざ》に落としたまま、同じ答えをくりかえす。ソバージュの長い髪が

濃紺のシルクブラウスの襟にかかっている。ネックレスはプラチナのダブルチェーン、左手くすり指の指輪は二カラットほどのダイヤ、時計は金むくのロレックスだ。

「五月十九日の夜、奥さんはどこにいてました」

らちがあかないとみてか、マメちゃんは攻め口を変えた。佳苗は答えない。

「どうもまた忘れはったみたいですな。ほな、ぼくからいいましょか。十九日の夜、おたくは桜之宮のラブホテルにいた。もちろん、男といっしょです。で、二十日の午前二時、ホテルを出てタクシーを停めた。タクシーは百楽荘で奥さんを降ろし、茨木の耳原まで男を送って行った。おたくは何食わぬ顔で邸内に入り、寝てた。その日、ご主人は東京へ出張してたし、お手伝いのおばさんは夕方から自宅へ帰ってた。と、そこまではよかった。何の問題もなかった。……ところが、二十日の午後、電話がかかってきた。相手は柴田徳治。そう、いろは交通のタクシードライバーでした」

マメちゃんは言葉を切り、ポケットからカセットテープを出してテーブルに置いた。佳苗の顔が蒼白《そうはく》になった。

「何やったらこのテープ、再生しましょか」

「いえ……」佳苗は苦しそうに首を振る。

「不倫をネタに、柴田はおたくを脅喝《ゆす》った。それに屈して、おたくはカセットと交換に、一ぺんは柴田に金を払うた。けど、世の中そんなに甘いもんやない。柴田は、ちゃっかり、テープをダビングしてたんですわ。……さ、喋《しやべ》ったらどうですか。喋って楽になりなはれ」

佳苗はじっと俯《うつむ》いている。

「聞くところによると、ご主人の慎一郎さん、再婚やそうですね。ご主人は六十二で、おたくは四十。夫婦の間に子供はないけど、ご主人には娘が二人いる。それは七年前に亡くなりはった前の奥さんの子で、上は三十七歳、下は三十三歳。二人とも早ように結婚して、孫が四人。で、世間一般の例にもれず、おたくは義理の娘とうまいこといってへん。おまけに最近はご主人とも不仲。二十歳もの年の差は埋めようがなかった。……と、こういう状況のもとで、もしこの浮気がばれた場合、離婚は火を見るよりも明らかです。非は一方的にこっちにあるから、財産分与なんぞ望むべくもない。おたくにとって、このテープは何がなんでも取り戻さないかん爆弾やったというわけですわ」

「刑事さん……」

佳苗は窓の外に眼を向けた。息を深く吸い込んで、「私、どうすればいいか分らなかった。脅迫は永遠に続く、そう思いました。それで、相談したんです」

「浮気の相手に、ですな。名前はマキオ……」

「彼は、何とかするといってくれました」

「それで」

「柴田とは何度か電話のやりとりがあって、私はこういいました。六月二日、午後九時、大正区の大正内港へ来てください、中央埠頭《ふとう》の先にコンテナ置場があるから、そこでお金を渡します、と」

「金額は」

「二百万円。私はお金を用意して、二日の午後六時、ベンツに乗って出かけました」

——佳苗はマキオの指示どおり、梅田の喫茶店『ローヌ』へ行った。ローヌで会ったのは佐伯《さえき》と名乗る三十すぎの男。赤いブルゾンに黒のスラックス、髪はパンチパーマで、どう見てもヤクザだった。佐伯はマキオから聞いて事情はのみこんでいるらしく、「任しなはれ。わしのいうとおりにしてたらええ」と、肩をゆすりながらローヌを出た。

午後八時、佐伯は大正内港の百メートルほど手前、二車線の道路脇にベンツを駐めて、「ここで相手を待つ。中央埠頭へ行くにはこの道を通らんといかんのや」と、そういった。佳苗は助手席で身を硬くしていた。

八時二十八分、いろは交通のタクシーが現れた。ベンツの脇を走り抜ける。「あれです、あの車です」佳苗はいった。佐伯はベンツを急発進させ、タクシーを追走した。

大正内港の岸壁にさしかかったところで、佐伯はベンツをタクシーに追突させた。「あんたはここにおれ」佐伯は内ポケットから黒い塊を抜き出した。ベンツのドアを閉め、前方に停まったタクシーに走り寄って行く。

ピストル……。佳苗は佐伯が手にしていたものに気づいた。気づいた途端、いいようのない恐怖に襲われた。佳苗は半ば無意識で運転席に乗り移り、ベンツを発進させた。どこをどう走って百楽荘へ帰り着いたかは分らない——。

「なるほどね。ぼくらの読みとほぼ一致する」

マメちゃんは満足げにうなずき、「佐伯は柴田の死体をどこに棄てたんです。マキオから聞いてますやろ」

「棄ててなんかいません、どこにも」

佳苗は強くかぶりを振る。「殴られたのは佐伯の方です」

「何ですて……」

「これからあとのことは、私は詳しく知りません」

佳苗は傍らの電話をとり、ボタンを押す。「外科部長をお願い」手短かにいった。

「外科部長て、誰です」

「牧尾克彦《まきおかつひこ》。そう、私の不倫パートナー」佳苗は力なく嗤《わら》った。

ほどなくしてノックの音。背の高い白衣の男が現れた。広い額と度の強いメタルフレームのメガネが印象的だ。

「こちらのお二人はね、刑事さんなの」

佳苗は牧尾に向かってそういい、私たちに視線を戻した。

牧尾はそのひと言ですべてを察したようだった。さして驚いたふうもなく、ゆっくりとこちらに来て佳苗の隣に腰を下ろし、

「いつかこうなるとは思っていました」低い、よく通る声でいった。

「ね、話してあげて。佐伯さんがタクシーに乗り込んでからのこと」

「ふむ……」

牧尾は小さく応《こた》え、「柴田は佳苗さんに聞かせるためか、ラジオカセットを車内に用意していたそうです。佐伯はピストルを柴田に突きつけて──」

「──テープどこや」「そこ、ラジカセの中です」佐伯はカセットを抜き出した。

「他にもまだあるやろ」「いえ、これだけです」「この間もそういうたらしいな」

「………」「正直にいわんかい。残りのテープはどこや」「あの……」「何や」「ゼニは」「ばかたれ。わしはな、親分《おやじ》から、おまえを殺《や》れといわれとるんやぞ」「へっ

「……」「さ、いえ。残りのテープどこにある」

ワーッ、柴田がむしゃぶりついてきた。ピストルが落ちた。「こ、こいつ」喚《わめ》いた途端、側頭部に衝撃。佐伯の意識は途切れた——。

「佐伯は一時間くらい気を失っていたそうです。気づいた時、柴田の姿は見あたらず、足許《あしもと》にはピストルと血染めのスパナがころがっていました」

「佐伯、それからどないしたんです」

「とにかく、現場を離れないといけない、私に会わなければいけない、そう思って」

佐伯は運転席に坐《すわ》り、エンジンをかけた。キーはついていた。

大正区から西区、なにわ筋を北上して大淀区豊崎。新御堂筋の高架下に車を停め、ふらつく足で公衆電話ボックスに入った。血がしたたり落ちる。

「もしもし、牧尾か……」「どうだった、首尾は」「あかん、やられた」「何だって」「おれ、死ぬ」「落ちつけ。今、どこにいる」「豊崎……。新御堂の上り口を北へ百メートル」「すぐ行く。待ってろ」「な、出血がひどいんや」「分った。止血剤を持って行く」「おれ、車の中におる」「ベンツだな」「違う。タクシーや。いろは交通」「どういうことだ。佳苗は」「知らん、消えた。……早よう来てくれ」

佐伯はボックスを出た。這《は》うようにして車にたどり着き、シートに倒れ込んだ——。

「何や、おかしいな。その佐伯とかいうの、ほんまにヤクザかいな」私が訊《き》いた。

「茨木のクリーニング屋です。ぼくの幼な友達で、高校のころは少しグレていました」

「堅気のクリーニング屋が、どこで拳銃《けんじゅう》を手に入れた」

「モデルガンです。佳苗さんに、ベンツに乗って来るようにいったのも、佐伯を本物らしくみせるためだったんです」

「あの人、いつもは店の軽四輪に乗っているんですって」

佳苗の含み笑い。脚を組み、ソファに深くもたれかかったその姿勢はいかにも投げやりで、今はもうすべてを失ったと悟ったらしかった。

「タクシーを河川公園に乗り棄てたん、牧尾さんですな」

マメちゃんがいった。牧尾は悪びれもせず、

「ぼくは自分の車……ソアラなんですが、それに乗って豊崎へ行きました。佐伯はタクシーの中でうんうん唸《うな》っていた。彼をソアラに乗せ、傷口をみると、出血はひどいが、頭骨に損傷はなく、死ぬの生きるのというケガじゃなかった。で、とりあえず佐伯の止血処置をしたあと、ぼくはタクシーを運転して河川公園まで行った。スパナとモデルガンは、途中、橋の上から淀川に投げ捨てました」

「河川公園から豊崎へは」

「歩いて戻りました」

「佐伯、どないなりました」

「この病院に連れて来て、ちゃんとした手当てをしました。全治一ヵ月、十五針縫いました。当直の看護師には、彼はぼくの友人で、車の事故でケガをした、警察沙汰《ざた》にはしたくないから、と口止めをしました。……佐伯のやつ、今はおとなしく家で寝ています。店は奥さんがやってくれているらしい」

「極道の真似して柴田を脅しにかかったんはええが、反対に殴られて大ケガした。……笑うてしまいますな。牧尾さん、あんたも男なら、そんな他人《ひと》任せにせんと、自分でテープを取り戻さなあかんがな」

「医者であるぼくが、パンチパーマをあてて脅し文句を並べたてるわけにもいかないでしょう」

「そういう尻拭《しりぬぐ》いだけは他人にさせようとする……根性腐ってまっせ」

私は口をはさんだ。牧尾は気分を害したふうもなく、

「この五日間、ぼくは生きた心地がしなかった。いつ刑事が現れるか、いつ柴田が逮捕されるか、そればかり気になって仕事が手につかなかった。身から出た錆《さび》とはいえ、今はこうなった方が良かったと、正直そう思います」と、平静な口調でいう。

「分りました。もう聞くことはない」

私は立ち上った。「あとで二、三人寄越すし、その指示に従うてもらえますか」

言い置いて、応接室を出た。


私とマメちゃんは病院をあとにした。歩きながら、

「大山鳴動してねずみ一匹。何のことはない、ただの傷害事件やないか」

「脅喝もありまっせ」

「いちばんのワルは柴田やな」

「あいつ、佐伯を殺してしもたと思たんですわ。あわてふためいて逃げよったんやけど、一夜明けたら、車は河川敷。佐伯の死体なんぞどこにもなく、あげくは自分が死んだことになってる。……ここはユーレイのままでいるべきやと、そう思たんですな」

「柴田のやつ、どこに隠れとるんや」

「さあ、どこやろ。膝《ひざ》小僧抱えて、眼をきょろつかせてますわ」

「しかし、いつまでもユーレイしとるわけにはいかんやろ。持ち逃げした金はたったの三万三千円やし、そろそろ切れるころや」

「けど、皮肉なもんですな。この事件にからんで得をしたやつ、誰もいてません

わ」

「柴田は刑務所行き、佐伯は殴られ損、佳苗は島畑家から放り出され、牧尾は病院を追われる。……どこか滑稽《こっけい》やな」

「上方漫才風ですわ」

——バス通り。阪急池田行きのバスを待つ。

「ね、黒さん」

マメちゃんは金つぼまなこをぐりぐりさせて、「自分でいうのも何やけど、ぼくら、めちゃんこ優秀な探偵さんですな。推理、洞察、決断、行動、どれをとっても超一流や」

「そんなこと、今さらいうまでもない。帳場へ帰って、このことを報告してみい。表彰状は間違いない」

「バテレン、眼をむきまっせ」

「黒マメの盛名がまた一段と高うなる」

「ああ、うずく。心がうずく。早よう帳場に錦《にしき》を飾りたい」

マメちゃんはさも得意げに胸を張る。

南淀川署、捜査本部。部屋に入った途端、

「こら、黒マメ、このくそ忙しいのに連絡もせんと、どこをほっつき歩いてた」

と、宮元。毛のない頭から湯気がたっている。

「あ、何や、班長」

マメちゃんは余裕綽々《しゃくしゃく》涼しい顔で、「報告があります」

「報告なんぞあとでええ、今すぐ箕面へ行け。百楽荘や」

百楽荘と聞いて胸が騒ぐ。私は不安を隠して、

「何かありましたか」

「あるもないも、ついさっき、柴田徳治を逮捕した」

「何ですて……」

「柴田は生きとったんや。昼すぎ、いろは交通の橋口に柴田から電話があって、金を都合せえとかいうたらしい。橋口はびっくりして警察に報《し》らせた」

「それで、それでどないしました」

「柴田は橋口に、京橋の喫茶店へ来いというた。トリさんが五人ほど連れて京橋へ行って、柴田をひっつかまえたんや」

「そしたら……」

「何と、あいつは脅喝をやってたんや、その相手は島畑佳苗いうて、――」

めまいがしてきた。膝の力が抜ける。

「おまえら、そのしょぼくれた顔は何や。わしの話、聞いとるんか」

「聞いてます。しっかり聞いてます。鼓膜が破れて、ついでに頭が破裂しそうです」

死の初速

安東能明

1

消防を通じて警察無線による投身自殺の報が入ったのは、午後八時を回っていた。今晩は何事もありませんようにと祈ったばかりなのについていない。そこにもってきて身投げ……。報告書に目を通すふりをしながら、じっとしていると、課長席から倉持忠一《くらもちちゅういち》のだみ声が飛んできた。

「西尾《にしお》、神村《かみむら》と行ってこい」

こんな日に限り、課長が月に一度の宿直責任者なのだ。

「あ、はい」

あわただしく席を立ち、ふとそちらを眺めるといない。

神村先生はどこへ消えた？

つい、いましがたまで、本を片手に詰め将棋をしていたが、どこにも姿が見えない。トートバッグを肩に下げ、胸ポケットの警察手帳をたしかめてから、西尾美加《みか》は刑事課を出た。

当直態勢に入って、蒲田《かまた》中央署内は静まりかえっていた。

四階まで上がり、男子当直室のドアをそっと開けて覗《のぞ》き込む。

半分ほど開かれた襖《ふすま》の向こうに、芋虫のように毛布をぐるぐる巻きにして、ミイラのごとく仰向《あおむ》けで横になっている男の寝姿があった。まだ遅番の人たちでさえ、休みを取る時間帯ではないのに、もうこの体たらく。

靴を脱いで上がり、毛布をはいだ。

完全に寝入っているらしく、二度三度名前を呼び、肩を揺り動かす。

「……おお西尾」

ようやく目が覚めたらしく、いつものとおり半笑いの目になる。

神村五郎《ごろう》はほかでもない西尾の高校時代のクラス担任。元物理の高校教師なのだ。それが刑事に転職し、こうして西尾と同じ職場にいる。本年、三十八歳。階級こそ巡査長だが、捜査能力が図抜けていて、署内では署長に次ぐ発言力を持っていることから第二捜査官と呼ばれている。きょうは黒シャツの上にインディゴベストを着ている。

「先生ったら、特急で眠っちゃうんですね」

「むー、せっかく寝ついたところなのに」

ごろりと横向きになったデニムの尻ポケットから、スマートキーがぽろりとこぼれる。それを拾い上げ、嫌がる神村五郎をせき立てて、署の裏口から出た。

密度の濃い雨が降《ふ》っている。クラウンアスリートに乗り込むまでに、着ていたデニムのジャケットは湿ってしまった。

行き先の地番を調べるまでもなく、警察無線が盛んにその場所を繰り返している。

そのマンションは、蒲田駅のほぼ真北一キロほど、呑川《のみかわ》に面して建っている。住宅が立て込み、車の通れない路地が多い場所なので、川の西側から大回りして行くほうがよさそうだ。五月六日金曜日。大型連休のなか日だが、刑事の身分ではふつうのウィークデーに変わりはない。休みがまとまって取れるのは月末になる。

あやめ橋を渡ったあたりで、神村がようやく気づいたふうに、顔に張りついた水滴をぬぐった。

「……なんだぁ、いつ雨が降ってきた？」

めまぐるしく動くワイパーなど目に入らないらしい。

「一時間ぐらい前、七時過ぎぐらいからだったと思いますよ」

西尾自身も降りだした時間帯は気がつかなかった。

「天気予報、雨だっけ？」

「いえ、薄曇りでしたけど、近ごろの東京の雨はゲリラですから」

「そうかあ、ひどくなりそうだぞ」

フロントガラスに降りかかる雨粒がますます大きくなる。アスリートは神村の専用車だ。

京浜東北線の踏切を渡り、細い路地を走り抜け、呑川にかかる橋を渡る。川沿いの狭い道にパトカーと救急車が縦列駐車していた。その後方、南北の細長い敷地に六階建てのマンションが建っている。

巡査に案内されて、先にある公園に車を置き、傘《かさ》を差して現場に戻った。川に沿った道は細く、出歩く人の姿もない。ふだんから車の交通はないはずだ。蒲田駅を使う通勤客も、一本西にある商店街の道を通る。

マンションを見上げる。すべての窓はぴったり閉じられ、申し合わせたように内側からカーテンが引かれている。投身自殺の報はマンションじゅうに知れ渡っているらしいが、野次馬は皆無だ。

各部屋は鉄柵が渡された古い型のベランダが設けられ、パーテーションで区切られている。その内側にあるサッシ窓も年代物だ。築二十年、いやもっと経過しているだろう。一階に七戸あるから、全戸で四十世帯くらいだ。

マンションは生け垣で取り囲まれ、三カ所に白い花の咲いた高木が植えられている。ハナミズキだろう。その真ん中の木の下に、青いビニールシートが広げられ、中でライトが光っていた。山茶花《さざんか》の生け垣をくぐり抜け、シートの中を恐る恐る覗き込んだ。

先着している地域第二係の川原秀次《かわはらしゆうじ》係長と部下の巡査が、シートを持ち上げて支えていた。その下でふたりの救急隊員が、うつぶせに倒れている男性の頸動脈《けいどうみやく》に手をあてて脈を取っている。男性は建物から一・五メートルほど離れたところに、建物と平行する形で横たわっている。小柄な人だ。

奥で背の高い白髪の男性が心配げな顔で見守っている。

雨具を身につけた川原が美加をふりむき、

「こちら、通報したマンション管理組合理事長の山崎《やまざき》さんだ。落ちた人を確認してもらった」

ごくろうさまです、と声をかけて、中に入る。

「六階のアマノタツヤさん……たぶん即死だな」

と川原は倒れている男性を見下ろす。

アマノタツヤの漢字を天野達哉と教わる。

大粒の雨粒がシートを叩《たた》く。

倒れた男性の顔半分がこちら側を向き、目は閉じられている。濡《ぬ》れて乱れた長い髪が額《ひたい》に張りつき、鼻のあたりから出血しているようだが、雨のせいでよくわからない。リネン素材のパジャマはずぶ濡れで血はついていないようだ。

六階から飛び降りたなら、激しいショックで死と直結したはずだが、芝生《しばふ》のおかげで表面的な損傷は少なかったようだ。しかし、骨も内臓もひどくやられているだろう。

「ご家族はいらっしゃいますか？」

「奥さんが上の住まいにいる。六〇四号室だ」

腰を折り、死体を眺める川原の制帽から雨の雫《しずく》がしたたり落ちる。今年五十歳になったばかりのベテランだ。

「脈ないですね」救急隊員が立ち上がり、もうひとりに声をかける。「担架頼む」

言われた救急隊員がシートから出ていった。

心肺停止状態でも、いちおう蘇生《そせい》は施《ほどこ》さなければいけないので、これから病院に向かうはずだ。

「発見者はどなたですか？」

「落ちたとき、かなりの音がしたらしくてさ、そこの」川原はカーテンの閉じられた部屋を指した。「マルヤマさんの奥さんが窓を開けて見つけた」

「びっくりされたでしょうね」

「すぐわたしの家に電話がありましてね。そりゃ驚いてましたよ」

理事長の山崎が口を開いた。

「音がしたのは午後八時二分でよかったですね？」

川原が山崎に訊《き》く。

「はい、テレビ見てたそうです。コマーシャルが終わって、番組が始まったところだったみたいですから」

ならば、転落したのは八時を少し回ったころだろう。いまは八時二十分だから、通報から十五分そこそこ経過している。

川原がシートを片手で支え、空いたほうの手を、シート越しに真後ろに立っている木にあてがう。

「ほかの住民の方々は？」

「もう出てこない、出てこない。天野さんの奥さんも、ついいましがた帰ったばかりだったしな」

「帰ったばかりというと？」

「自殺した直後に帰宅したんだよ。人だかりがするんで見てみたら、旦那だったわけだ。かわいそうに」

「ショックだったでしょうね」

「顔を見て、すぐ旦那だってわかってさ。臨場したとき、理事長さんとふたりで傘さして待っていたよ」

ひどい、と美加は思った。

この雨の中、まわりの人たちは怖《こわ》くなって、ひとりまたひとりといなくなり、理事長に付き添われて取り残されたのだ。

「ほかにご家族は？」

「小学校四年生の男の子がいるはずですけど」

理事長が答える。

「その子、大丈夫ですか？」

「取り乱しちゃいないみたいです」

「遅れましたあ」

ジュラルミンケースを抱えた鑑識係員の志田《しだ》進《すすむ》巡査部長が入ってきて、現場写真を撮りだした。手先の器用な三十五歳。長い髪をネットでまとめている。

残っていた救急隊員が理事長に「ここがすみ次第、病院に運びますので、奥さんを呼んでいただけますか」と声をかけた。

そういえば先生は？

外を見ると、シートのすぐ横で神村がゴルフ用の傘を差し、手持ちぶさたに側溝や壁を眺めていた。事件ではないから、遺体に興味がないのだろうか。

五郎ちゃん、と川原に呼ばれて、しぶしぶシートに入ってきた。

フラッシュの光を避けるように、片手で顔を覆《おお》ったままだ。

入れ替わりに理事長がテントから出ていった。

「あ、川原さん、お疲れ」

と神村が声をかけ、傘をたたんで、息をしない男の脇でしゃがみこんだ。

川原から身元や転落時間を教えられる。

「写真撮ったら、病院へ運ぶからさ」川原は言った。「どう、何かある？」

「ああ――別にぃ」

言いながら、神村は横たわる男の太腿《ふともも》をつかんで、揉《も》むような動作をする。感触を確かめているようだ。

「うん、飛び降りに間違いないね」

と御託《ごたく》を並べる。

落ちた衝撃で、骨が粉々に砕け散っているのがわかったのだろう。

男性は小柄で痩《や》せている。

神村は血で濡れた顔に自分の鼻を近づける。

「何か酒臭いね」

「すごいね、五郎ちゃんの嗅覚。まるで警察犬なみだ」

と川原が感心する。

「連休中ですし、ご自宅でゆっくり酒を呑《の》んでいたんですよ」

美加が言った。

「ほう、どうしてわかる?」

神村が訊いてくる。

「パジャマを着てるじゃないですか。いつでも横になれるように。寝ていたかもしれないし」

「ふーん、リラックスしてか」

「はい」

「ご満悦気分のところにもってきて、飛び降り?　どうなんだろうね、川原係長?」

川原は顔の雫をぬぐいながら、

「さあ、どうかな。ホトケに訊かなきゃ、わからんぜ。衝動的にわっと飛び降りるのも多いからさ」

「衝動的ねえ」神村が志田の背中を叩く。「シダちゃん、こっちこっち。頭のほうからも撮ってよ」

「はいよー」

言われた通り、志田が頭頂部側に回った。建物が入る位置まで下がって写真を撮る。

神村は傘を差しながらシートから出て、マンションを見上げ、死体に目を落とす。またシートに入ってきて、志田とともにメジャーで死体の位置の計測を始めた。頭にあてがい、志田が建物との距離を測る。

「えっと、一四六センチメートル」

「はい、次」

ふたりは腰のところに移動する。

「こちらは一四五センチメートル」

脚はやや広がっているので、建物と近く、つま先部分で、一二二センチと志田が声を上げる。

「……肉体の受ける損傷は、転落した高さの二乗に比例する」

またぞろ、神村の口から物理用語がこぼれる。

神村は、志田とともにシートから出て、ハナミズキと建物の距離の計測を始めた。仕方なく、その横について見守る。神村も志田もずぶ濡れだ。

死体はともかく、そこまで、やる必要があるのだろうか。写真に収めれば十分なような気がする。少し離れたところからハナミズキを見上げる神村の元に寄り、その視線の先を見る。ハナミズキの枝は、建物と一番近いところでも二メートル以上離れている。折れている箇所もないようだ。

「落ちてくるとき、木には当たらなかったんですね」

「そうみたいだな」

転落者はこのハナミズキの木と建物のあいだに落ちたのだ。

神村はまたシートまで戻り、倒れ込んだ男を見たまま動かなくなった。

「あの先生……どうかしました？」

「わかるか？」

「はっ、何がですか？」

神村は死体を指さす。

「ホトケのこの姿勢」

言われてあらためて倒れている男に目を移す。

「姿勢がどうかしましたか？」

飛び降りたのがはっきりしているのに、何を言いたいのだろう。

「どうして平行なんだ……」

つぶやくような神村の声。

「平行じゃ、いけないんですか？」

神村は、降りかかる雨も気がつかないように、じっとしたままマンションを見上げている。

「しかも、うつぶせだ」

ぽつりと神村はこぼした。

つきあいきれない。

奥さんや子どもが気にかかる。

「あの、何か気になるなら警察犬でも呼びますか?」

と美加はつい、言葉が出てしまった。

「そうだな、警察犬を呼んだほうがいいかもだな」

「ええ、でも……」

単純な投身自殺なのに、捜査じみた対処はこの際不要。

ここは遺族の面倒見が何よりも大事な場面だ。しっかり事情も訊かないといけない。

「五郎ちゃん、もういいかい?」

川原に言われて、神村はようやく気づいたとばかり、

「あ、けっこうですよ」

と答えた。

救急隊員が手早く男を担架にのせて、シートから運び出す。巡査が雨に濡れないように傘を差しながら、救急車まで運ぶのを手伝う傍《かたわ》らで、神村は名残惜《なごり》しげに男

が倒れていた場所に立ったまま、建物を見上げている。

救急車の脇で理事長の山崎が、傘を差して突っ立っていた。

天野さんの奥さんは来ないのかと尋《たず》ねると、

「チャイム押したんですけど、出てこないんですよ。きっとショックなんだ」

と山崎は答えた。

仕方がない。連れてこなければ。

2

山崎に同道を求めて、その場から離れた。

「落ちたとき、すごい音だったみたくてね」理事長が言う。「ドンっていう、車のドアを閉めるような感じだったみたいですよ」

「管理人さんはいらっしゃいます？」

「夜間はおりません。このとおり古いですから」

築二十八年だと言う。マンション北側のエントランスは、古い両開き式のガラス戸だった。オートロックもなく、山崎について中に入った。管理人室に人はいない。防犯カメラの映像などを見るのは明日になるだろう。

右手に集合ポストが並んでいる。段差のあるところに応急で取り付けたようなスロープがあり、腰の曲がった小柄な老女がカート型の歩行器を使って、ゆっくりと上がっていた。山崎が声をかけて脇から支え、エレベーターに一緒に乗り込む。

「もう、救急車で運ばれていきましたからね」と山崎がしきりに老女に声をかける。

「ああ、そう、ならよかったけど」

老女は二階で降りた。井上富江《いのうえとみえ》という七十五歳になる女性で、ひとり暮らしをしているという。天野さん一家と親しくて、一階まで降りてきて、見守っていたんですよと山崎は言い、ポケットから住民名簿を取り出した。

名簿には天野波恵《なみえ》、雄太《ゆうた》とある。

「入居されたのはいつになりますか?」

「二年くらい前ですかね。飛び降りた達哉さんは地元の信用金庫に勤めてます。お母さんは、持ち帰り弁当屋さんで働いているはずですよ」

山崎は蒲田駅西口近くにある大手チェーン名を口にする。

「奥さんは自転車か何かで通っていらっしゃいました?」

「いや、自転車は持っていませんよ。徒歩ですね」

六階で降り、開放型の廊下を歩いて六〇四号室の前に来た。

鉄製の頑丈《がんじょう》なドアの前で、山崎が呼び鈴を鳴らすと、しばらくして、応答があった。

「天野さん、理事長の山崎です。警察の方が見えられていますよ」

小さな返事があり、頑丈そうな鉄扉が内側から開いた。

髪をうしろでひっつめにした女が顔を覗かせた。三十代後半だろうか。洒落《しゃれ》っ気のない白のTシャツを着ている。

お辞儀《じぎ》をして、

「天野波恵さんでいらっしゃいますか？　蒲田中央警察署の西尾と申します。お話しさせていただけませんか？」

と言ったものの、波恵は放心したように、その場で背を見せた。覚束《おぼつか》ない足取りで居間に戻ってゆく。

「失礼します」

山崎に先んじて部屋に上がる。

波恵は居間のテーブルの前で椅子《いす》に浅く腰掛け、両手を垂らしたまま、呆然《ぼうぜん》とした顔で壁と天井の際のあたりに目線を当てていた。太めの体型だ。ストレッチパンツをはいた腰元がきつそうに見える。髪の一部がほどけて、肩に垂れていた。ショック状態から抜けきっていないようだ。

「波恵さん」美加は中腰になり、声をかける。「ご主人、救急車で大森《おおもり》にある東和医大病院に運ばれます。同乗していただけませんか？」

言葉が通じないみたいに、波恵の応答がない。

急いでいるのだ。ぐずぐずしていられない。

玄関にいる山崎に、あとから追いかけますので、救急車を先に送ってくださいと申し伝えると、山崎はそそくさと出ていった。

居間に戻り、波恵の肩に手をあてがい、同じ言葉を繰り返したが、波恵は動こうとしなかった。

リビングの窓を開けて、ベランダを見る。コンクリートの床に雨が降り込んで、びっしょりと濡れている。そこそこ奥行きがあり、大人の胸くらいの高さの鉄柵が渡され、パーテーションで遮《さえぎ》られて左右の部屋は見えない。

左の隅に洗濯カゴがあるだけで、ほかにものは置かれていない。大人用のスリッパがひと組、きちんとそろえて置かれているだけだった。

これでは、指紋も採《と》れない。現場検証は明日以降だ。

窓を閉めてリビングをふりかえる。

奥の台所もリビングも、きちんと片づいて、チリひとつ落ちていない。

テーブルの上に魔法瓶《まほうびん》とおでんの入った鍋がある。波恵の前に、半分かじったはんぺんと卵、そして箸《はし》が直接テーブルの上に置かれていた。缶ビールが三本と呑みかけのビールが残ったコップも並んでいる。床にも半分ほどなくなったペットボトルの焼酎《しょうちゅう》がある。飛び降りた達哉の座っていた場所のようだ。

向かい側にも取り皿と茶碗があり、子ども用の箸が直接、置かれていた。波恵の分は出ていないから、父子ふたりで、夕食の膳《ぜん》を囲んでいたようだ。

達哉は食事中に身を投げたと見て間違いない。呑み過ぎて錯乱したのだろうか。

子どもの食器はまだ使われていないようだ。

右手のサイドボードの上に置かれたテレビがつけっぱなしになっている。

「あの、お子さんはどちらに？」

問いかけると、波恵は「あ、雄太ならそっちに」とテーブルの向こうの襖を指した。

小さな電子音が洩《も》れる、締め切られた襖を引いて中を覗く。

体格のいい子どもが、こちら向きにしゃがみこんでいた。両手でパドルを抱えて、めまぐるしく指を動かし、目の前のテレビを食い入るように見ている。テレビゲームに熱中しているようだ。

襖を閉めて、波恵の耳に顔を近づける。

「お子さん、ずっとゲームしていましたか？」

「そう思います」

「お父さんが身投げしたときも？」

「……たぶん。わたしが上がってきたときも、してましたから」

「ご飯を一緒には食べなかったんですか？」

ふと波恵は顔をそらした。

「……あの子、父親とは食べないんです」

何か事情がありそうなので、それ以上訊くのはやめた。

確かめてみますから、と言って隣室に入り、「ちょっといい？」と呼びかけながら、少年の横にしゃがんだ。

「ゲーム、止めていい？」

少年はようやく美加と顔を合わせ、うん、とうなずきながら、ゲームの電源を落とした。

「わたし、警察官の西尾と言います。えっと、雄太くん？」

「うん」

仏像のように表情のない顔だ。ベリーショートの髪が、どことなく体型にそぐわない。

「えっとね、お父さんのこと知ってる？」

陽《ひ》が翳《かげ》ったような表情になり、目をふせた。

「落ちた？」

　と雄太が心細げに口にする。

「そうなの」美加は気遣《きづか》いながら続ける。「お母さんから聞いたと思うけど、お父さん、ここから飛び降りてしまったの。雄太くん、お父さんがベランダに出て行くの見た？」

　雄太は首を左右に強く振り、否定した。

「ずっと、ここにいた？」

　雄太はうなずき、ゲームのパドルを掲《かか》げた。

「これやってた」

「ご飯は、お父さんと一緒に食べなかった？」

「お母さん、待ってた」

「そうか、お母さんと食べるんだね」美加は襖を指した。「じゃあ、そこも閉まっていた？」

「うん、お母さんが開けた」

　ゲームにはまっていたので、気がつかなかったのだろう。

　母親から父親が投身自殺したのを知らされて、ようやくわかったのだ。ただ、母親もあの調子だから、はっきりと承知できていないかもしれない。

雄太は頰《ほお》に少しずつ赤みが増し、パドルを持つ手がぶるぶる震えている。

内心では動転して、何をすればよいのかわからないようだ。

懐《ふところ》のスマホが震えた。倉持課長からだ。

神村が苦手なので、美加にかけてくるのだ。

部屋の隅に寄り、オンボタンを押す。

状況を訊かれて、投身自殺にほぼ間違いありません、病院に搬送《はんそう》中ですと小声で答える。

「よし、病院で適当に検視しとけ」

あっさりと通話が切れる。

あっ、とリビングで叫び声がしたので、あわてて戻った。

波恵がスマホを握ったまま、金縛りに遭《あ》ったように見入っている。

後ろに回り込み、スマホのモニターを覗き込んだ。

メールのようだ。


ごめんなさい。

悪い父親でした。

たった二行。

送信者は天野達哉。送信時間はきょうの午後七時五十八分。

「ご主人の携帯あります？」

美加が訊くと波恵は部屋をきょろきょろ眺め、テレビのサイドボードの上にあるスマホに目をとめた。

「あれですね？」

素早く動いてスマホを手に取り、メールのアイコンを押した。

同じ文面のメールが送られている。時間帯もぴったり一致している。

これって遺書になる？

ふと左手で動くものがあった。神村だ。

リビングの奥にある台所で、たこ足配線になっているコンセントを調べている。その目前にスマホを差し出した。

「先生……」おっと、いけない。「ご主人が奥さん宛《あて》に送ったメールです」

「ほう」

ちらっと文面を見ただけで、ゴミ箱の中をあさり、テーブルの上に置かれたものを見ている。

仕方がなく、波恵に同僚の警察官ですとことわりを入れた。

そんなことより、一刻も早く連れ出して、病院に連れていかなくてはならないのに。

神村は、台所の入り口の壁際に置かれたビールの箱が気になったらしく、ふたを開けて中を見たり、あげくは底までも覗き込んでいる。テーブルに置かれたものと同じ銘柄の二十四本入りケースだ。濡れてるな、などとつぶやいている。

まったく、つきあいきれない。

さらに、この雨の中をベランダに出た。あちこち眺め、ガラス窓に張りついたかと思うと、「奥さん、ここ割れていますよ」などと声をかけてくる。

つられて動いた波恵とガラス窓越しに対面する形になり、「ほらここ、ね?」などと呑気《のんき》に言っている。

よくよく見れば、五センチほどの亀裂が走っているだけだった。何やら、白っぽいものがついているようだが、ほこりだろう。

波恵がガムテープを持ってきて、応急処置を施そうとしたので、

「あ、ちょっと待っていただけますか?」と美加は声をかけた。「明日、こちらの現場検証をさせていただきたいので、何も触らないでくれませんか」

「あ、はい」

おずおずと波恵は引き下がった。

神村は室内に戻ってきて、今度は風呂場に入った。

干しっぱなしの洗濯物を眺め、ふむふむとうなずいたりしている。

そうかと思えば、雄太のいる部屋の押し入れを開けて、中に収《おさ》まっているものをいちいち確認したりしている。横長の大きな登山用のリュックサックや衣服のつまった衣装ケースなどがある。

これ以上、つきあってはいられない。

波恵をせき立てて、神村とともに部屋を出る。雄太は家に残るという。

課長の指示を神村に伝え、アスリートの後部座席に波恵を座らせた。

一方通行の多い地域なので、来た道とは別ルートで病院に向かう。いったん南に進路を取った。

「波恵さん、ご親戚やお知り合いの方はいらっしゃいませんか?」

ハンドルを握りながら、ショックが冷めきらない天野波恵に尋ねる。

「わたし、兵庫出身なものですから」

と言葉少ない。

「ご主人のご実家には連絡されました?」

「いえ」

「どちらになります?」

神村が心配げに口をはさむ。

「高崎。病院に着いたら電話します」

ご主人の勤務先にも連絡を入れたほうがいいですねとアドバイスする。

私立工科大学のそびえ立つような校舎ビルの西側を走り、多摩堤《たまづつみ》通りに出る。

JRの線路の通るトンネルから西蒲田へ抜けた。

「奥さんが仕事からお帰りになった時間は何時になりますか?」

ルームミラーで波恵の顔色を窺《うかが》いながら、美加が訊いた。

「八時すぎです」

「正確な時間はおわかりですか?」

「弁当屋を出たのは七時五十分くらいでしたから。歩くとだいたい十二、三分かかります」

では、マンションに着いたのは、八時三分前後ぐらいか。

勤務時間は朝の十時から晩の七時四十五分までで、火、木、金と週三日通っているという。連休は関係ないと言った。

信用金庫に勤める夫の達哉はカレンダーどおりの休日で、おでんは今朝《けさ》、出かける前に作っていったという。

「もうそれくらいにしとけ」

神村にたしなめられて、質問をやめた。

医大病院の救急病棟には、二名の警官が待ち構えていて、診断を終えていた医師と引き合わされた。

蘇生を施したものの、息は吹き返さず、死亡時刻は午後八時二分となりますと医師から宣告される。病院のパジャマ姿に着替えさせられた遺体とともに霊安室に赴《おもむ》き、ベッドに安置した。白布で覆《おお》われた遺体の顔を波恵は見ようとしなかった。

これから、検視を行いますので、外で待機していてくださいと神村が波恵に言い渡すと、警官に付き添われて部屋から出ていった。

鑑識課の検視官を呼ぶ必要はないと神村も判断したようだ。

いよいよ検視になる。あまり見たくないが、職務上避けて通れない。

神村とともに、遺体のパジャマを脱がせて全裸にする。

顔の右半分の擦過傷がひどいものの、体のほかの部位の損傷はそれほどでもない。神村がベッドの上にのり、遺体の上にまたがって、両手で太腿を持ち上げてゆすった。

「骨がばらばらだな」

腰のあたりも同様にして確認して、ベッドから下りる。

「ここだな」

神村は胸から大腿部《だいたいぶ》を指した。胸元のあばら骨に沿うように赤茶けた皮下出血が見られ、左右両方の大腿部にも、縦長に同様の皮下出血が浮き出ていた。

「辺縁性の出血になるぞ。わかるな？」

神村から確認を求められる。

「あ、はい……ものすごい圧力がかかって、骨が押し出されたとき、骨の形どおりの皮下出血が生じる……高いところから飛び降りたような場合に」

「そのとおり。内臓も骨も、体内でばらばらになってる。間違いなく、飛び降り自殺だ」

わかりきったことなので、あらためて言われても、どうということはない。

「明日はマンションの現場検証ですね？」

「天気はどうだっけ？」

「晴れだったと思います」

「じゃ、朝イチだな。奥さんに伝えておけ。ベランダのものはいっさい触るなって」

「わかりました。ご遺体の修復が上手な葬儀社もお教えしますね」

「おう、頼む」

神村を残して、外に出た。

警官に付き添われて、ソファに座り込んでいる波恵は、生気が抜けたような表情で床を見下ろしていた。

3

神村とともに病院を出たのは午後十時を回っていた。

遺体は葬儀社が引き取っていった。通夜《つや》は行わず、明日、一日葬を執《と》り行うことになったと葬儀社の係員から告げられた。別れ際、波恵に、明日の午前中に、マンションへ現場検証に出向くので、そのときは自宅にいてほしい旨《むね》伝えて、別れたのだ。

「あの先生、遺体が落ちていた向きについてですけど、建物と平行だと……何かおかしいですか?」

「飛び降り自殺は足から落ちる、頭から落ちる、水平に落ちる。この三つしかない」

「……ですね」

今回は水平に落ちたので、遺体の骨や内臓がぐちゃぐちゃになったのだろう。

頭から落ちれば頭蓋骨《ずがいこつ》が割れて、脳が飛び出し、原形を留《とど》めていないはずだ。

足から落ちれば、足の骨が折れ、尻が地面に接触してから前のめりに倒れて首の骨が折れる……という程度の知識はある。しかし、これまでそうたびたび投身自殺の現場を経験していないので、それ以上はわからない。

「西尾、おまえが投身自殺しようとしたら、どれを選ぶ？」

「えっ、わたしがですか……」どれも、考えたくはないけど、あえて選ぶとするならやはり。「たぶん、足から落ちると思います」

「そのとおり」力強く神村は言った。「十人中九人はそうする」

「残りの一人は？」

「誤《あやま》って足を踏み外すなりして、バランスを崩した場合、背中や頭を打つ」

「じゃ、今回も？」

「先走るな。足から落ちたときの死体の向きはどうなる？」

「足から腰の順に着地して、前のめりになるから、建物とは垂直方向にうつぶせに倒れ込むと思います」

「違う。落ちた拍子に前のめりになって、体がくの字に屈曲して、胸に太腿がぶち当たり、その反動で上半身はうしろ側にバウンドする。そうなればどうだ？」

「建物と垂直方向に仰向けになる？」

「そうだ。かりに、今回の場合も足から落ちたと仮定してみれば、どうなる？」

「やっぱり、建物と垂直方向に仰向けで横たわっているはずですね」

だから、神村は建物と平行で、しかもうつぶせになっていたのが奇妙だと感じたのだろう。

「遺体はほぼ建物と平行でしたから、ベランダから同じ姿勢で落ちたんでしょうか？」

「ベランダの鉄柵を見なかったか？」

「見ましたよ。五センチくらいの細い鉄骨でしたけど」

「あそこに寝転《ねころ》がってから、落ちたと思うか？」

「それはあり得ません」

「どうして？」

「この雨ですから」

大雨の中、これから自殺しようとする人が、そんなアクロバチックな真似《まね》をするはずがない。

「ではどうやって、今回のケースを説明する？」

ふと思いついた。

「ですから……ベランダの鉄柵にまたがって、足から落ちた。そのあと、マンション前のハナミズキの木に引っかかって、体の向きが変わったんです」

「でも、ハナミズキの木の枝は折れていなかったぞ」

「ですけど……」

木の芯《しん》が強かったのではないか。あるいは、逆にしなやかで折れなかったとか。

「じゃ、先生はあの手すりの上にのって、足を踏み外してしまい、体がうつぶせになったまま落ちたと考えているんですか？」

「あの雨の中だ。そんな面倒なことはしないな」

そこは自分の考えと同じのようだ。

やはり、雨の中、逡巡《しゅんじゅん》しながらも、鉄柵に身を乗り出して上体を預け、そのまま墜落《ついらく》していったと考えれば、さほど間違っていないような気がするのだが。

しかし、神村は腕を組んだまま、悟《さと》りを得られない僧侶のように、考え事にふけっていた。

4

前日の雨はすっかり上がり、翌日は五月晴《さつきば》れの好天になった。

マンションに着いたのは午前九時。まず、管理人からマンションの設計図を見せてもらい、建物の高さやベランダの寸法などをメモした。そして、昨晩の事故が起きた時間帯の正面入り口の防犯カメラの映像も見てみた。午後八時までの三十分間に、六人の住民が出入りしていたが、その中に天野波恵の姿はなかった。裏口の防犯カメラの映像にも、波恵は映っていなかった。

それらをすませて、六階の天野家を訪《おとず》れた。葬儀場からいったん帰宅していた波恵に出迎えられ、さっそく現場検証を始める。

すっかり乾いたベランダに入り、まず鉄柵の高さを測った。

建築基準法の規定と同じく、ぴったり一一〇センチ。大人の胸元の高さだ。

ベランダの奥行きは一四五センチ。横幅は五・六メートル。スリッパと洗濯カゴ以外に、ものはひとつも置かれていない。志田が慣れた手つきで、アルミニウム粉末をつけて、指紋を採取する。

神村は雄太のいる部屋に入って、タンスの引き出しを開け、中身をあらためだした。そこまでやる必要はないのにと思いながら、手伝うしかなかった。

神村は中身をあらためる手を止め、子ども用の半袖《はんそで》シャツを取り出して広げた。雄太の下着だ。それをそのままにして、もう一枚、同じ下着を引き抜いて眺める。

「ちょっと汚れてるな」

と小声で神村は言った。

どちらも前側がうっすらと黄ばんでいるように見える。同じく雄太の普段着も調べてみると、デニムシャツの一枚が、似たように前側がやや黄色がかっていた。

神村はゆうべと同じようにテレビゲームにいそしんでいる雄太の小さな背中にちらちらと視線を送りながら、元のように畳《たた》んでそれらをタンスにしまうと、雄太のうしろにしゃがんで、ゲームを見守った。

廃墟《はいきょ》のような建物の中で、小さなバズーカ砲のようなものを持った子どもが歩き回り、イカのようなキャラクターをバズーカ砲から出る液体で倒してゆくゲームだ。なかなか巧《たく》みな動きをさせて、簡単に次のステージへ進んでいる。

学習机の脇にゲームやけん玉などが収まった段ボール箱がある。机の上にのせられた小さなプラスチックケースが目にとまった。

長さ七センチほどの透明なケースの中に、赤と黒の端子が小さな基板と黒い円盤につながり、真ん中あたりから、片耳イヤホンが出ていた。

手にとってみるが、よくわからない。

「雄太くん、これ何かしら？」

つい訊いていた。

「あ、それ」雄太が立ち上がり、こちらを振り向いた。「ゲルマニウムラジオ」

立った姿勢でも、座り込んだ神村と同じくらいの高さだ。太り気味だけど小学校四年生にしては身長が低いかもしれない。

「ラジオなんだ……」

「西尾も学校でやっただろ」

神村が訊いてくる。

「え、知りません」

「雄太、説明してやれ」

神村に言われて、雄太はやや得意げな顔で、

「それに電線つなげると、電池なくても聴けるんだよ」

とパドルを振ったまま答えた。

「あ、そうなの」

「丸いのを回して、ラジオの電波を拾う」神村がつけ足した。「あとはゲルマニウムが音声に変換してイヤホンで聴けるようになる」

基板に取り付けられている赤っぽい小さなものがゲルマニウムのようだ。

でも、どうしてこれだけ、机の上にでているのだろう。段ボール箱の中には、ほかにもたくさん、おもちゃやフィギュアが入っているのに。

「このラジオ、作ったばかりなのね？」

「うん」雄太が答えた。「学校で」

ラジオを置いて、部屋を出る。

椅子に腰掛けている波恵は、昨晩よりもやや落ち着いている様子だ。

検証が終わり次第、葬儀場に戻って、午後には火葬の手続きをすると波恵は言った。達哉の両親は葬儀場にいるが、波恵の両親はきょう、用事があって来られないという。

「こんなときに、申し訳ないんですけど、ご主人は以前にも自殺をはかったようなことはありましたか？」

肝心《かんじん》な質問をくり出した。

「いえ、ないです」波恵は途方《とほう》に暮れた顔になった。「もう、信じられない……」

「ご主人は、信用金庫でお仕事は、何をされていましたか？」

「工場回りが多かったと思います」

「預金集めですか？」

「最近は投信の募集で発破《はっぱ》かけられていたみたいです」

投資信託の売り込みは、手数料の半分が信用金庫に入るから、力を入れているのだろう。

「それで、かなりストレスがたまっていたんでしょうか？」

「ないと思います。ほかの人だってやっているし。本人はファイナンシャルプランナーの資格を取るって張り切っていました」

「そうだったんですね……ご主人は、趣味とか空いた時間にされていたことありますか?」

「わたしと一緒になる前は、山登りとかしていたようですけど。いまは仕事帰りに、たまにひとりで、近くの居酒屋で呑むぐらいで。信金とうちのあいだを往復しているだけでしたから」

「まじめでいらっしゃったんですね。お仕事以外で、何かお困りの様子はありませんでしたか?」

　波恵は見当がつかないという顔で首を横にふった。

　年収を尋《たず》ねると、夫が五百万、自分が百万程度、マンションの賃貸料は月十二万円だったという。

　子どもがいるし、それなりに家計はきつかったかもしれない。

　波恵は悲しげな吐息を洩らしながら、「雄太は連れ子なんです」と口にした。

「そうだったんですか」ひとつ間を置いて美加は続ける。「達哉さんと結婚されたのはいつになります?」

「二年前。婚活パーティーで知り合って」

　結婚と同時にこのマンションに引っ越してきたのだろう。

　達哉にしてみれば子持ちの女性と結婚したのだから、それなりの覚悟はあったはずだ。

「前の旦那さんと会ったりしますか？」

「会いません。顔も見たくないし」きっぱりと波恵は言った。「養育費だって、入れてくれなかった」

波恵は言いたくないことを洩らしてしまったというように、そわそわして両手をさすった。

ようやく再婚したものの、この事態になってしまったとは、よほど運に見放されている。

となりの部屋から、喚声が上がっていた。

襖越しに窺うと、神村がパドルを握りしめてゲームをしていた。すぐ横で雄太が目を輝かせて、モニターを指さし、「あ、そこそこ」と指南している。子どもが哀れで、一緒に遊んでやっているのは元教師の性《さが》だろう。それにしては、かなりの熱の入れようだった。

指紋採取が終わった志田が入ってきて、参考用に波恵と雄太の指紋を採る。それをすませると、また神村は雄太とともにゲームを再開した。

お暇《いとま》をしましょうと声をかけると、先に行ってろ、とにべもない返事だったので、志田とともに天野家を辞した。

マンションを出て、あらためてハナミズキのある現場に出向いた。

マンションの際にある側溝のすぐ横のあたりに、建物と平行して横たわっていた死体がまざまざとよみがえってくる。

どの枝も、建物から二メートル以上離れていて、折れている箇所もない。達哉はベランダから、ほぼ真下に落ちたようだ。

やはりあの鉄柵に身をもたせかけてから、下半身を柵にのせ、体が下を向いたところで、そのままの姿勢を保って落下し、地面に激突したのだろうか。

そうだとしても、そのような不自然な動きをするだろうか。それに大雨だった。いくら酒を呑んでいるにしても、それはないように思えるのだ。

疑問を口にすると志田が、

「酒は百薬の長というけどさ、まあ、呑み過ぎたら、人間、何だってやりかねんよ」

「でしょうか……」

「あんがい、家でも職場でも悩み事があったんじゃない」

「かもしれないですけど」

マンションの入り口に神村たちの姿が見えた。波恵と雄太と別れて、神村が近づいてきた。

「ふたりはタクシーで葬儀場に戻る」神村は言った。「志田ちゃん、ちゃんと採取してきた？」

「ああ、例のね。もちろん」

何を言っているのかわからなかった。

「西尾はいったい、何してるんだ？」

「ですから、ちょっとふしぎだなぁって志田さんと話していたんです」

美加は答えると、神村は死体のあったあたりを見下ろした。

「死体の向きか？」

「はい」

神村は腰に手を当て、上体を反らすように六階のあたりを見上げた。

「物体を単に下に落としたときの運動は何という？」

いきなり物理の質問をぶつけられて、身構えた。

「えっとたしか……自由落下運動」

神村はニヤリと笑みを浮かべた。

「常識だな。では、物体が落下するときの加速度の値は言えるな？」

「そ、それは……ちょっとわかりません」

「一秒ごとに九・八メートル。覚えておけよ。志田ちゃん、六階のベランダの高さはいくらだっけ？」

「ぴったり一八・二メートルです」

「そうなると、ここに激突したときの速度はいくらだ？」

神村は地面を指さし、美加を見た。

「……ちょっと、わからないです」

志田に援軍を求める視線を送るものの、頭を掻《か》いている。

「物体の速度は一秒後には九・八メートル、二秒後には一九・六メートル、三秒後には……加速度に落下時間の二乗を掛けた積の半分に等しい……」

美加と志田がちんぷんかんぷんの顔をしているので、

「ちょっとノート貸せ」

と神村は志田からメモ用のノートを催促《さいそく》し、自分のボールペンを使って、数式を記した。

落下距離×重力加速度×2――。

ぶつぶつとつぶやきながら、数式と細かな答えを書き込んでゆく。たちまち答えが出た。

「えー、ここまで落ちるあいだの経過時間は、一・九二六……秒、およそ二秒かかっているな。それから、ぶつかったときの速度は、秒速一八・八九三……およそ時速七〇キロメートルになるな」

「二秒もかかるんですね」

感心したように言うと、神村からコツンと指で頭を弾《はじ》かれた。

「基礎中の基礎だぞ」

「あ、すみません」

「だがな、問題はやっぱり、死体の向きだ」神村は言った。「うつぶせはいいとしても、建物と平行であったのがどうも納得がいかない」

美加は自分の推測を口にしてみたが、神村はとりあわなかった。

「五郎ちゃん、それはいいんだけどさ、投身自殺自体を疑っているの?」

志田が呆《あき》れたように訊いた。

「それもあるな」

意味深げに神村は答える。

「……もしかして、奥さんの仕業《しわざ》とかって疑ってる?」志田が言う。「たらふく酒呑ませて意識を失ったところで、旦那を落としたとか」

「その線も考えてみたんだが」

抱きかかえて落とすにしても、女ひとりでは無理だ。それに、飛び降りる直前のマンションの防犯カメラの映像に、波恵の姿は記録されていない。達哉とともにいたのは雄太だけだ。雄太はゲームに熱中していて、飛び降りたことすら知らなかった。

「まず、動機を探るか」神村は言った。「おれはこれから葬儀場に出向いて、旦那の勤務先の人間やご両親、親戚筋に当たってみる。場合によっちゃ、カネがらみもあるから、休み明けには銀行捜査になるな。西尾、おまえはわかっているな?」

「あ、はい……奥さんの勤務先の聞き込みですか?」

神村は口元を引き締めてうなずいた。

「このマンションの住民の聞き込みも。旦那や奥さんが親しくしていた住民を見つけて話を聞け。子どものほうもな」

「雄太くんも?」

そもそも、家族の捜査をする必要があるのだろうか?

昨晩は明け方の三時間ほどようやく睡眠が取れたのだ。できれば、これから署に帰って、この件に関する報告書を書き上げ、午前中には帰宅したかった。

しかし、神村はどことなくやる気満々で、試合のゴングが鳴ったような顔付きをしている。こうなったら、もう止めても無理なのはわかっていた。

しかし、弁当屋の聞き込みはともかく、子どもの周辺の聞き込みなど、雲をつかむような話に思える。

「これが担任。それから友だちがいる」神村はメモを寄こした。「電話して会ってこい」

母親から聞きだしたようだ。

学校の代表番号と担任教師の名前、携帯電話の番号。そして、三人の男の子の自宅の電話番号が記されている。

そうか、子どもやその母親から、波恵について聞き出せばよいのか。

5

五月七日土曜日。

午前中いっぱいかかって、マンション六階と五階の住民への聞き込みをすませた。天野家の両隣の住民は、天野家とのつきあいはほとんどなく、夫婦や子どもの雄太が親しくしている家もなかった。理事長に訊いたところ、七割近くが賃貸入居者なので、住民同士のつきあいもほとんどなく、地域との交流も皆無だと教えられた。

徒歩で波恵が勤めている弁当屋に出向く。工科大学の脇道あたりで、雄太の担任の小林正広《こばやしまさひろ》先生に電話を入れた。いま、葬儀場にいると小林は言った。母親について尋ねると、二度ぐらい会ったことがあるが、父親との面識はないという。弁当屋まで、ぴったり十二分かかった。

昼時で忙しく、二十分近く待たされた。一時近くになり、ようやく女性の店長がレジの中から出てきた。栗原《くりはら》というプレートを胸につけている。マスクをつけたままだ。四十代後半だろう。細身だ。

きょう葬式を執り行うと伝えたものの、ちょっと行けそうにありませんと栗原は口にした。

「こちらに波恵さんが勤めだしたのは、いつごろからになりますか？」

「一年くらい前だったと思いますね」

「週三日勤務とお伺《うかが》いしていますけど、欠勤とかなさいます？」

「いえ、きちんきちんと来ていただいてますけど」

やや警戒した口調で栗原は答えた。

「ご主人はご存じですか？」

「いえ、知りませんでした。子どもさん、大丈夫ですか？」

「ええ、大丈夫です。波恵さんは再婚でしたね？　それは？」

「はい、彼女から聞いています」

「波恵さんの口から、ご主人について、何か出たことはありませんか？」

「聞いたことないですねぇ。子どもさんの話はよくしましたけど、理科や算数が好きだけど、国語が嫌いだとかね。運動は得意みたいらしいですけどね。そういえば、波恵さん、あまり現金を持たせてくれないので、買い物に困るとか洩らしていましたね」

「ご主人が持たせてくれないということですか？」

「ええ。限度額を週一万円に設定したデビットカードしか使わせてくれないって、いつもこぼしていました」

勤務先が勤務先だけに、金の管理についてはうるさかったのかもしれない。それにしても、週に一万円だけでは少なすぎるのではないか。

「ほかに店長さんが気がついた点はありませんか？　波恵さんの勤務態度とか、何でもいいんです」

栗原は首を傾《かし》げ、「えーと、そうですね、帰りなんか、いつも急いでいますよ。着替えがすごく早くて、時間になるとあわてて帰宅していました」

「そうですか」

念のために昨晩の帰宅時間を尋ねると、

「七時五十分の上がりですけど、二、三分レジでお客さんの相手をしていたから、ふだんより少し遅れたかもしれません」

そうすると店を出たのは、七時五十五分ころだろう。ここまで徒歩で、十二分ほどの時間がかかる。達哉が飛び降りたとき、やはり帰宅途中だったのだ。礼を言って、店を辞した。

その場で、雄太の三人の友人のうちのひとりに電話をかける。呼び出しをしたものの応答はなく、次の家に電話をかけた。しばらくして、女性が出た。堀内《ほりうち》という家で、健斗《けんと》という息子が同級生だ。美加が名乗ると、相手は、何でしょうかと用心深げに訊いてきた。

四年二組の天野雄太くんをご存じですか、と尋ねると、息子が同じクラスにいると答え、お父さんが自殺したんですよね、と答えた。

ママ友のネットワークで、すでに知れ渡っているのだろう。

「そうなんですよ。その件で、息子さんから、少しお話をお聞きしたいと思っていますけど、いかがでしょうか？」

なだめながら、これからすぐに出向く旨伝え、住所を聞いて電話を切る。

歩いて十五分ほどで着いた。東急池上線の蓮沼《はすぬま》駅の近くのマンションだ。通りに面した、十一階建ての比較的新しいマンションだ。

三階にある堀内家では、母親の靖子《やすこ》と息子の健斗が待っていてくれた。面長の顔が母親とそっくりだった。父親はゴルフに出かけて留守だった。建物の造りや内装は、天野家よりも上だ。賃貸ではなく購入したのだという。靖子は牽制《けんせい》するように、小声で、健斗も雄太くんのお父さんが亡くなったのを知っていますと耳打ちしてくる。

美加は健斗に身分を告げてから、雄太くんとは仲がいいですか？　と尋ねた。

「うん、いつも遊んでるよ」

「そう、仲がいいんだね。昨日も遊んだ？」

「うん。マサルくんの家でゲームしたよ」

靖子に顔を向けると、「もうひとり仲のいい友だちなんですよ」と教えられる。

メモにはなかった名前だ。

「マサルくんの家にはよく遊びに行くの？」

「行く行く、プラレールあるし」

「きのうは粘土遊びしたんじゃなかったっけ？」

靖子があいだに入ると、健斗は母親の顔を見た。

「ちょっとだけだよ」

「そう、じゃあ、ずっとゲームばっかりね」

「勉強だってやったよ。ね」

相づちを求めるように美加の顔を覗く。

「仲いいんだね」美加は言った。「雄太くんは、健斗くんのおうちにも来る？」

「うーん、たまに」

「雄太くん、今週の火曜日に来たよね？」

　靖子が割って入った。

「うん、来た」

　四日前の祝日だ。

「そうそう、雄太くんのお父さんから電話が来たんだわ」靖子が言った。「晩の七時ころに」

「こちらにですか？」

「はい、まだお邪魔していますかって。いますって答えたら、すぐ帰らせてくださいって言われちゃって。あわてて帰しました」

「そうだったんですか」

　火曜日は雄太の母親の勤務日だ。

「前にも二、三回かかってきたわ。わたしも、遅くてお父さん心配するから、早く帰ったほうがいいんじゃないって雄太くんに言ったことがありますし」

　七時ならどの家庭でも夕食時だから、早く帰ってこいと言うのだろう。常識的な父親に思える。

って」

「でも、雄太くん、いつも帰るの渋っていたな。お母さんがまだ働いているとか言

波恵からも似たようなことを聞いた。父親とはご飯を食べないとか。

母親が再婚し、自身も多感なときだから、仕方ないかもしれない。

ふと見ると、サイドボードの横のカラーボックスの中に、見覚えのあるプラスチックケースがあった。文房具が詰め込まれた箱の奥に、ゲルマニウムラジオが垣間《かいま》見えた。それについて尋ねると、健斗も忘れていたらしく、中に手を突っ込んで、懐かしげに取りだした。雄太のものと同じだという。

「学校で作ったのね？」

美加が訊くと、健斗は訝《いぶか》しげな顔で振り返った。

「ううん、大学で、お兄ちゃんたちと作ったのさ」

「大学って……そこの工科大学？」

「うん、春休みの理科教室で」

さらに尋ねてみると、工科大学では毎年春休みに、子ども向けの様々な工作教室を開くらしく、雄太やほかの友だちと一緒に出かけて、作ってもらったのだという。実費は五百円に満たなかったらしい。

小学校で作ったとばかり思っていたが、違ったようだ。

マサルくんの母親は大橋麻里《おおはしまり》といい、堀内家を辞したところで、彼女の携帯に電話を入れた。大橋家は子ども連れで父方の新潟の実家に帰っていると言われたので、事実確認にとどめた。メモにあったもうひとりの友人の家を訪ねて聞き込みをしたが、めぼしいものはなかった。

もう一度、天野家のマンションに戻り、午前中の聞き込みで洩れた家々を訪ねた。同じ六階に住んでいる清水《しみず》という家の主婦が、天野波恵とゴミ置き場でよく立ち話をする仲だと言った。亡くなった天野達哉はきれい好きらしく、ゴミ置き場の掃除をするのを何度か見かけたらしい。

そして、天野波恵の口から、今年に入って「夫が外出を嫌うので、どこにも出かけられない」と何度か聞いたという。

かなり、妻の行動を気にかける夫だったようだ。いや、きつく制約をかけるといったほうがいいだろう。

ふと、天野家と親しい老女を思い出して、二階の住まいを訪ねた。

身分を告げると、井上富江は快《こころよ》くリビングに招き入れてくれた。お茶までご馳《ち》走《そう》になり、しばらく身の上話をした。夫とふたりでマンションに入居したのは二十年前で、一昨年、夫が肺炎をこじらせてあっけなく亡くなった。大阪に嫁いだひとり娘とはめったに会わないという。天野家について話題を振る。

「わたし、週に二日、工科大学の前にあるデイサービスセンターに歩いて通っているんだけど、波恵さんとはときどき一緒になるの」きれいな白髪を手ですきながら、富江は言う。細身の体に鶯色《うぐいすいろ》のカーディガンがよく似合っている。「雨の日なんか、傘を差してもらってほんとに助かるわ」

「そうだったんですか」

「あの人が再婚だって知っていたから、どうして赤ちゃんを作らないのって、訊いちゃったのよ。そしたらね、波恵さん、絶対に作らないって言ったもんだから、驚いちゃった」

「息子さんがいるからでしょうかね」

「ううん、違うと思うな」

「え、どうしてですか？」

「いつだったかしら、波恵さん、辛《つら》そうに歩いていたの。訊いたら、旦那さんに蹴《け》られたって」

「達哉さんに？」

聞き捨てならない話だ。

「何でもね、食事の後片づけをしないでいたら、いきなり膝《ひざ》のあたりを蹴られて、じん帯が傷《いた》んでしまったらしいの。それって、暴力じゃない、きちんと行政に相談したほうがいいわよって言ったんだけど、どうだったかしらね」

　富江は心配げにお茶をすする。

「それは初耳です」

　本人から聞かなければいけない。

「波恵さんて、ほんとにやさしくていい人なんだから。うちの洗濯機の水道パイプが洩れたときも、テープを貼りつけて一生懸命直してくれたりしたのよ。そのとき、ほらスマホをここに置いていてね」富江はテーブルを指した。「若い人がやる、ほら、ら、何とか……」

「ラインですね？」

「かしらね。ちょっと見ちゃったの。そしたら、『いい心療内科があれば教えてください』とか、『きょうもやられた』とか出ていてね。『もう死にたい』とかも。あれって、本人が書いているんでしょ？」

「それ、右側に出ていました？」

　富江は首を傾げ、「うーん、どうだったかな。もう片方のほうには、ほとんど出ていなかったような覚えがありますよ」

　ならば、波恵本人が友人宛に送りつけた文言だろう。

　そのような重い投げかけをされても、どう答えてよいのか迷うに違いない。

波恵はかなり夫に虐《しいた》げられていたとみて間違いないだろう。

6

署に戻ると、署長室に呼ばれた。神村と倉持刑事課長が同席していて、天野達哉の落下死亡事案について、報告を聞いているようだった。ソファに座る神村の隣に腰を下ろすと、斜め前にいる門奈和広《もんなかずひろ》署長が小ぶりな体を起こした。

「カンちゃん、だいたいわかったけどさ、遺書もあったんだろ？　捜査なんているの？」

髪をきっちりととかしつけ、五十四歳のわりにやや童顔だ。

「うーん、したほうがいいと思うけどね」

第二捜査官の異名を持つ神村とは、カンちゃん、モンちゃんと呼び合っている。

「ちょっと待てよ」やはり気にくわないらしく、倉持が墨《すみ》を引いたような太い眉毛を動かしながら口を開いた。「死体が横向きに倒れていたとか何とか抜かしているが、そんなこたぁ、まあまある。この忙しいときに、これ以上、何を調べる……」

それから先を言う前に、神村が、

「そっちは何かあったか？」

と美加に振ってきた。

「ああ……はい、奥さんの波恵さんについて、お話ししなければいけないことができました」

足をそろえて答えた。

神村に、きっと睨《にら》みつけられる。

妻の天野波恵が自殺した夫から、ふだんから、生活費や行動について、制約を受けていたことや、暴力をふるわれ、かなり精神的に圧迫されていた。息子の雄太も義理の父親にはなつかなかったらしい、といった聞き込みで得てきた中身を口にした。

「やっぱりか」神村が腕を組む。「こっちもだぞ」

「何かあったんですか？」

「信用金庫の同僚から聞いたが、旦那の達哉は勤務先で奥さんの家計簿をいちいちチェックしていたらしいぞ」

「ネットの家計簿ですか？」

「それそれ。どこでも見られるやつあるだろ。あれを」

「ふーん、細かい旦那だな」

門奈が興味深げに言う。

「署長、そんな話に乗らないでいただけませんか」

と倉持が牽制《けんせい》する。

「いいから、で」

門奈が先を急がせる。「ちょうど一年前、夫にふたつめの生命保険をかけさせたそうじゃないか」

「それも同僚が言っていましたよ」神村が続ける。「奥さんからどうしても入ってくれとせがまれたらしい」

「いくらぐらいのだ？」

ようやく倉持が話に乗ってきた。

「三千万。月々二万円の保険料ですよ」

「ふーん、そりゃでかいな。でも、自殺じゃ保険金は下りないだろ？」

「それが一年間に限ったことらしくて。契約したのが去年の四月だから、下りるらしいんですね」

「それはちょっと怪しいじゃないか。奥さんがさ」

「まぁそうなんですけどね」神村は頭をかいた。「奥さんそうとう、心理的に参っていたらしくて、テーブルに鬱病《うつびょう》の薬や睡眠薬があってね」

「神村、何か」倉持が言った。「おまえひょっとして、酒に睡眠薬を混ぜて旦那を眠らせたあげくに、ベランダから突き落としたって言いたいのか？　冗談もほどほどにしろよ。女ひとりだ。そんな芸当できっこない。だいいち、身投げした時間帯は、奥さん、家を留守にしていたんだろうが」

「そこなんだよ、チュウさん」

チュウさん呼ばわりされて、倉持の頬が引きつった。

そんなことにはお構いもなく、門奈が、

「なるほど。奥さん、旦那には手こずっていたわけだな」

「そうなんですよ。それからね、少し深刻なのがあって。葬儀場を出るとき、駐車場で雄太くんの担任の小林先生と会って、立ち話をしたんだけどさ。雄太くんの服が黄色く汚れている理由を訊いてみた。そしたら、小林先生が『ひょっとして、また味噌汁ぶっかけられてるのかな』なんて言うもんだからさ」

神村は天野家で洗濯物や雄太の服を調べて、黄色っぽいシミがついたデニムのシャツを見つけていた。あのシミが味噌汁だったようだ。

「旦那にかけられたのか？」と門奈。

「ええ。お父さんからかけられたって、小林先生、雄太の口から二度くらい聞いたらしい」

「ひょっとして、家庭内暴力？」

そう言った門奈の顔を神村はまっすぐ見た。

「だろうね」

「なつかないガキだから、つい手が出たんですよ」

倉持がまた口を出したので、門奈は黙っていろとたしなめた。

「でもさ、カンちゃん、まあそれは世間でよくあることだし、亡くなったのは、ほかでもない旦那だからさ。ちょっと報告書にまとめて、終わらせるってことでどう?」

「できればそうしたいんだけどね」

なかなか引かない神村だったが、話のネタが尽きて、署長室をあとにする。

肩を並べて歩きながら、どうもいまひとつ、わからないんだ、などと神村はつぶやいている。カウンターを出たところで、

「そういえば、ゲルマニウムラジオ、あったじゃないですか。あれは小学校じゃなくて、工科大学の理科教室で作ってもらったみたいですよ」

などと雑談めいた口調で言った。

すると、神村がその場で立ち止まり、口を引き結び、首のうしろ側を擦《こす》った。

何か思いついたときにやる癖だ。

「……それがあったか」

ひとりごちるように言いながら、歩き出す。

二階の刑事課には戻らず、神村は裏手に足を向けた。

7

工科大学は蒲田駅から徒歩二分。六年前に竣工《しゅんこう》した総ガラス張り、二十階建てのビルで、蒲田の新たなランドマークにもなっている。いつも外から見ているだけで、キャンパス内に入るのは、はじめてだった。ゴールデンウィーク明け、しかも夕暮れ時にもかかわらず、多くの学生でにぎわっていた。

神村とともに一階のロビーに入る。思わず息を呑んだ。ローマのサンピエトロ寺院さながら、広々とした空間に圧倒される。天井は高く、輝くような大理石の床が広がっていた。

「さすがに売り出し中の大学ですね」

美加は言った。

「そうだな」

神村も驚きを隠せない顔で、あたりを眺めている。

工科大学は、工学部のほかに、看護学科や作業療法学科などもある。海外の有名

ている のだ。

大学と提携するなど、積極的な運営が認知されて、学生のあいだでも人気が高まっているのだ。

奥手にある事務所で身分を明かし、事務局長に取り次いでもらう。

四十がらみの男がすぐに現れて、応接室に通された。エリート銀行員さながら、紺のスーツに身を固めた局長から、すかさず名刺を差し出される。緒方哲《おがたてつ》とある。

「やあ、立派な校舎で驚きました」

と神村が切り出すと、緒方は差し迫った用件でないのを覚《さと》ったらしく、にこやかな笑みを浮かべ、大学の紹介を始めた。

かなりの建設費がかかったはずだが、そのあたりには触れず、創設者や学長をはじめとする方々の教育熱心な理想が結実した結果です、と続けた。

嫌みなものには聞こえず、むしろすがすがしささえ感じる弁だったが、神村はすぐに本題に入った。

「こちらはきのう、オープンキャンパスを開催されていましたよね?」

ネットで検索して調べたのだ。

「はい、あいにくの雨天でしたが、多くの方に訪れていただいて、大盛況でした」

緒方は自慢げに答え、スタンドからパンフレットを抜き取り、神村に渡した。

大学案内や入学試験の説明会をはじめとして、キャンパスツアーや体験授業、学生作品展示など、盛りだくさんの内容が記されている。

「前もって申し込みとかは必要になりますか？」

美加が尋ねた。

「いえ、午前九時受け付け開始になっておりまして、終了の午後四時まで、どなたでもご参加いただけますよ」

「ランチも体験できるわけですね？」

物欲しそうに神村が問いかけた。

「はい、当日は半額の値段でご提供させていただきました。本学のランチは、地元の方にもご好評をいただいています」

「地元の人も使えるんですね？」と美加。

「もちろんです。カフェテリアやファストフード店などもお使いいただけます」

「ふむふむ」

神村が感心している。

「オープンキャンパスも地元の方々がお見えになりましたか？」

緒方は自信たっぷりにうなずいた。「かなり、お見えになっていただきましたよ。ゴールデンウィークの最終日でしたので、ふだんは入られない方や、親子づれでご参加の方々もございました」

「親子づれで何を見るんですか?」

「地下に大講義室がございます。そこで大画面を使って、本学の紹介映像などをご覧になっていただいたり、体験授業を受けていただいたりしました」

「なるほど」神村が言った。「春休みなんかにも、子ども向けの工作教室みたいなのを開催されましたよね?」

「はい、未来を担う子どもたちのため、理科教育の啓蒙《けいもう》には力を入れておりまして、三月の二十七日に『みんなで遊ぼう、理科教室』と題して、開催致しました。主に小学生向けの内容になっておりまして、今回は、百名近く受け入れました」

神村は勝手に立ち上がり、スタンドの中から、大学の紹介パンフレットを手に取り眺めている。

「ゲルマニウムラジオの工作もありましたね?」

美加が訊いた。

「はい、かなり人気でしたね」

「それはどこで行われました?」

神村が校内案内図を広げて、差し出した。

「えーとですね、十階の工学部の教室ですね」

「その日の写真とか録画映像とかあります?」

はじめて緒方が不安げな表情を見せた。

「写真ならあると思いますが……」

ゲルマニウムラジオの工作教室はたぶん、天野雄太をはじめとして、同級生たちが参加している。それを確認したところで、意味はないのだが。

「いえいえ、事務局長さん、事件がらみとかそういうことじゃなくてね。あくまでも参考ですから」

あくまで低姿勢で神村は声をかける。

「そうですか、職員に尋ねてみましょうか？」

言うと、緒方は電話で職員を呼び出し、用件を伝えた。

「それとですね、事務局長さん」神村は言った。「よかったら、校内を見学させていただけませんか？」

それならば、という表情で、緒方は立ち上がった。

「どちらがよろしいでしょうか？」

神村はパンフレットのそのあたりを指さした。

「そうですね、ここがいいかな」

十階にある機械工学科のフロアだ。

緒方の案内でエレベーターを使い、十階まで上がった。

広々とした廊下があり、講義室や実験室などが続いている。ドアの開いた部屋があり、廊下に大がかりな機械が置かれて、中にケーブルでつながっているような実験室もある。学生たちが出入りしている部屋もあれば、ドアの閉まった部屋もあった。緒方がそうした部屋を開けて中を覗き込むと、機械に取りついて、熱心に調整している学生たちの姿があった。そこに入り込んで、学生から説明を受けたり、機械の働きを教えてもらったりを続ける。

いつのまにか、神村の姿が見えなくなったが、緒方は学生たちとの話に熱が入って、その不在にも気がつかない様子だった。

しばらくして、神村がいないのに気がついた緒方が、「神村さんはどちらでしょうか?」とあたりを見ながら口にした。

「……あれ、どこ行っちゃったのかな」

美加がごまかしていると、エレベーターが開いて神村が現れ、歩み寄ってきた。

「どちらに行かれました?」

緒方が興味深げに尋ねる。

「あ、ちょっとあちこち回ってきました」晴れ晴れした顔で神村が言った。「いやあ、素晴らしい大学だなぁ」

緒方は、さもうれしそうに、

「そうですか、それはよかったです」

と一時の不在など、まったく気にならない様子で言った。

緒方のスマホが鳴り、その場で短く通話をして切った。

「工作教室の写真があったようですけど」

「どれ、見せていただこうかな」

神村がさっさとエレベーターに向かって歩き出す。

勝手に動き回って、ほんとうに困りものだ、と思いながら、そのあとに続いた。

事務室に戻り、写真を見せてもらった。

そこにはゲルマニウムラジオ作りに熱中する天野雄太の姿が映っていた。

8

三日後。午後二時。

アスリートを運転し、神村とともに天野一家の住んでいるマンションに向かった。午前中、前もって天野波恵の携帯に電話を入れた。天野達哉の死亡に関連して、諸手続があるため波恵は弁当屋を休んでいるという。

車でほんの七、八分たらずの距離が長く感じられた。きょうも天気はぐずつき気味だ。

バッグの中に一枚の鑑定書が収《おさ》まっている。今朝方、警視庁の科捜研から送られてきたものだ。その中身を思うと、胃のあたりが重くなってくる。

後部座席の神村は、石のように固まったまま、無駄口ひとつ叩かない。

美加も声をかける気にはならなかった。

三日前、工科大学を訪ねたおりに見たオープンキャンパスの録画映像がよみがえってくる。

五月六日午後三時。工科大学のエレベーターに乗り込む雄太の姿が映っていた。手に空のリュックサックを持っている。雄太は七階で降りた。

そこは作業療法学科の階で、オープンキャンパスの開催予定には入っていない階になる。ふだんの三分の一ほどの学生が、授業はないものの実験や製作のために来ていた。

五分後、ふたたび同じ階のエレベーターに雄太は乗り込んできた。背中に荷物がつまったリュックサックを背負っていた。作業療法学科の実験室から、こっそり盗み出したものが入っているのだ。雄太はそれを自宅に持ち帰り、リュックごと押し入れにしまった。

午後六時半を過ぎたころ、天野達哉はいつものように、おでんを酒のつまみにして、酒を呑み始めた。テレビを見ながら、たったひとりで三十分、一時間と呑み続けるうちに、酔いも回り、膀胱《ぼうこう》がふくらんだ。隣室でゲームをするふりをしながら、その様子をひそかに雄太は観察していた。

達哉がトイレに行ったすきに、雄太はあらかじめ用意していた母親の睡眠薬をビールのコップに入れてかき混ぜた。ゴミ箱をあさった神村によれば、三回分ほどの量だったという。

それを呑んだ達哉は、アルコールも手伝い、十分もしないうちに、眠り込むというより、ほとんど意識を失い、テーブルに突っ伏すか、床に倒れ込んだはずだった。

それを見て、雄太は実行を決意した。

降りしきる雨もその意志をくじくのではなく、かえって物音を消し、助長する結果になったのだ。

まず達哉を仰向けの姿勢で床に寝転がせてから、となりの部屋に移り、押し入れのリュックサックを取りだした。

そして、ベランダの戸を開いて、椅子を持ち運んで外に出した。自分も外に出て、ベランダの鉄柵ぎりぎりに、椅子の背中を横向きにして置く。室内に戻り、今度は二十四缶入りのビールケースを、椅子のすぐ手前に配置した。

問題はそこからだ。

リュックサックの中から、それを出して床に置いた。

六キロ近くあり、ずっしりとくる重さだ。機械に装着されたベルトをまず右肩に回した。そのあと、パイプの通された右パッドを右膝のやや上に当て、同様に左にもはめる。大人なら膝を覆う形になるが、身長百四十センチしかない雄太は、やや上側にずれてしまうのだ。そのあと、左肩にベルトを回して、機械全体を背負った。前屈《まえかが》みになり、腰の留め具を左右から引いて長さを調整し、正面で留める。最後に前に張りだしたパイプについたパッドをまず右の太腿にあてて、留め具を使って太腿の裏に回して調整しながら固定する。左足も同じように装着する。さらに、腰から斜《なな》めに出たベルトを左右ともども、股間に回し、同じ要領ではめた。そうやって機械の装着をすませ、達哉の前に立つ。

いよいよ本番だ。雨天決行。機械は盗んだのではなく、一時的に借り出しているもので、明日にも返却しなくてはならない。

右の腰元にある電源ボタンを押して、作動を開始させる。

雄太は達哉の真横でひざまずいて、両手をその腰と背中に差し込む。奥まで十分に届かないものの、支えるだけなら無理はない。そうして、ゆっくりと立ち上がる。機械の力を借りながら。

それは人間の筋力を増強するためのパワードスーツと呼ばれる機械だった。左右両方の腰にモーターが取り付けられ、背中に取り付けられた電池と小型コンピューターで動きを制御する。ボタンを押せば、人の動きを察知して、筋力を補《おぎな》うように作動する。体の不自由な人を抱きかかえる介護や、重いものを運ぶ倉庫の業務に携《たずさ》わる人たち向けに、大学の研究室が開発しているものだった。

三月の理科教室のとき、七階にある作業療法学科の教室でお披露目《ひろめ》されたものだ。それを雄太たちは目にしていた。友人たちによれば、雄太は実際に装着も行ったと言う。まだ開発中だが、重さ三十キロのものでも楽に持ち上げられる性能を持つ。

身長百五十センチ以上ならば使える仕様だが、百四十センチでも装着方法を工夫すれば使えるらしかった。

達哉は五十キロ足らずの体重であり、非力な雄太でもスーツを装着すればどうにか持ち上げることができたのだ。

雄太は、まずテーブルの上の達哉のスマホを使って、遺書めいた文言を打ち、母親宛に送った。そうしてから、降りしきる雨の中、雄太は仰向けの姿勢の達哉を持ち上げ、そのままベランダに出た。いきなり椅子に乗るのは無理があるので、あらかじめビールケースを椅子の前に置いておいたのだ。

階段の要領で上った。機械の助力があったとしても、全力で持ちこたえなければならなかったはずだ。そして、どうにか椅子の上に立った。

達哉の体を水平に保ったまま、鉄柵の上に差し出し、そのまま背伸びをするようにかかとを上げ、肩を上に持ち上げる。すると達哉の体はゆっくりと横向きに回りながら、雄太の腕から離れた。空中に出たときは、ほぼうつぶせになっていた。その姿勢のまま、落下していった。

それが、建物と平行して遺体が横たわっていた理由だったのだ。

やり遂げた雄太は、転げ落ちるように椅子から降りただろう。向きを変え、リビングに戻ろうとしたとき、パワードスーツのパイプ部分が、窓ガラスに当たり、ガラスにひびが入った。そのとき、スーツの白い塗料がガラスに付着した。

美加が持っている鑑定書は、その塗料と大学にある現物のパワードスーツのそれを比較したものだ。両者は完全に一致した塗料であると鑑定された結果が記されている。

犯行を終えたあと、雄太はパワードスーツを元のようにたたみ、リュックサックにしまった。そして、椅子やビールケースをリビングに戻した。水で濡れた床や椅子、そしてビールケースをぞうきんで拭き、犯行の形跡を消した。しかし、ビールケースは段ボール製なので、水が染みていた。それを神村は見逃さなかった。

翌日、雄太は機械の入ったリュックサックを携えて工科大学に出かけた。オープンキャンパスの後片づけで人の出入りが多く、あっさり入ることができた。作業療法学科は七階にあり、人のいないのを確認してから、パワードスーツを元の場所に戻した。それは、ふだん、鉄製のラックの一番下のプラスチックケースの中にしまわれていて、前日から、そこになかったことを気づいた人間はいなかった。

それが犯行の一部始終だった。

三日前、初めて大学を訪ねたとき、神村は作業療法学科のある七階に単独で立ち寄り、そこでパワードスーツを目にした。二体あるうちの一体が故障しており、それを直すのを目撃していたのだ。修復していた学生によれば、中のモーターの部分が何故か濡れてしまって、交換しなければいけないと言っていたという。そのひとことで神村はピンときた。

アスリートを停めて、マンションに向かった。

沈黙を守ったまま歩く神村の背中についた。美加も話しかける気分ではなかった。逮捕に向かうのが億劫《おっくう》で仕方ない。

「先生」美加は呼びかけた。何か、口にしなければ苦しい気分だった。「雄太くんて、よっぽど追い込まれていたんでしょうか……」

義理の父親から、虐待《ぎゃくたい》めいた扱いを受けていたのは確かだろう。母親も同様に、夫から暴力を受けていた。

工科大学でパワードスーツを見たとき、ふとその計画を雄太は思いついたのだろうか……。

神村はマンションの前に立ち、ふと上を見上げた。

天野家のある六階のベランダのあたりで、人が見下ろしているような気配がしたが、目の錯覚のようだった。

悩み多き人生

逢坂　剛

1

「おい、どこへ行くんだ」

トイレから出た梢田威《こずえだたけし》は、前の廊下を通り過ぎようとする斉木斉《さいきひとし》を、抜け目なく呼び止めた。

斉木は、その声が耳にはいらなかったように、黙って階段へ向かう。

「おい、待てよ。聞こえなかったのか」

もう一度呼びかけると、斉木はいかにもいやいやという感じで、足を止めた。

振り向いて、迷惑そうに言う。

「ああ、聞こえなかった」

「聞こえてるじゃないか。どこへ行くんだ」

「女房みたいに、どこへ行くとか行かないとか、いちいち聞くのはやめろ」

「いいだろう、聞いたって。息抜きならくっついて行くし、仕事で出かけるならおれは署に残る」

「ついて来るんじゃない。仕事だ」

「仕事って、なんの。今は別に、何も抱えてないだろう」

斉木は眉根を寄せ、梢田を睨《にら》みつけた。

「うるさいやつだな。単なる管内視察だよ」

「なら、おれもついて行く。あんたにばかり、只酒を飲ませるわけにいかないからな」

「ばかを言え。真っ昼間から酒を飲みに行くデカが、どこにいる」

「こないだの昼、一緒にワインを飲んだじゃないか、《ミオ・ポスト》で」

小川町にある、有名なイタリア料理店だ。

情報交換会と称して、管内の警備会社の幹部連中と雑談しながら、毎月一度昼飯をごちそうになる。行く店は、だいたい二つか三つに絞られているが、どれもイタリア料理だった。社長が無類の、スパゲティ好きなのだ。

斉木が、しぶしぶ認める。

「あれはまあ、付き合いだからな」

「おれは、ミオ・ポストよりも《桃牧舎《とうぼくしゃ》》のスパゲティの方が、口に合ってるな」

「貧乏人め。桃牧舎は、そのあたりのOLが行く店だぞ」

「しかし、うまいものはしかたがない。むろん、ミオ・ポストのワインには、おれも一目置いてるが」

斉木が、わざとらしく咳払《せきばら》いする。

梢田は続けた。

「しかし、フランスのワインは高いばかりで、うまくないな。そこへいくと、イタリアのワインは安くてうまい。管内に、スペイン料理店がないのが、ちょいと残念だ。スペインのワインも、悪くないらしいからな」

「いつからそんなに、ワイン通になったんだ」

いきなり後ろから声をかけられて、梢田は飛び上がった。

あわてて振り向くと、刑事課長の辻村《つじむら》隆三《りゅうぞう》がのしかかるように、見下ろしている。

「ああ、どうも、課長。ええと、最近管内のバーで粗悪な国産ワインを、フランスワインと称して高い値段で飲ませる、あくどい商法がはやっておりまして、その密行調査に出向こうと、斉木係長と打ち合わせをしていたのであります」

切羽詰まったときのくせで、ぺらぺらとしゃべり散らす。

「密行といったって、おまえたちは管内のバーでいつも只酒を飲んでるから、どこへ行っても面が割れてるはずだ」

斉木が、後ろから口を挟む。

「只酒とは、ちょっとお言葉が過ぎるんじゃないでしょうか、課長。梢田はともかく、わたしはちゃんと金を払ってますよ」

梢田も急いで言った。

「自分も、ちゃんと払ってます」

辻村が、じろりと睨む。

「いつもか」

「ええと、ときどきですが」

正直に答えてしまい、梢田はしゅんとして下を向いた。

辻村は、いかつい顎《あご》の筋をぴくりとさせ、フランクフルターのような太い指で、梢田の胸をとんと突いた。

「ときどきじゃなく、いつもにこにこ現金払いだ。分かったか」

「了解しました」

梢田が気をつけをすると、辻村は肩越しに斉木をぐいと一睨みして、トイレへ姿を消した。

梢田は振り向き、斉木に嚙《か》みついた。

「辻村が来たなら来たと、ちゃんと教えろ」

「だから、咳払いしたじゃないか。気がつかないのが悪いんだ。おかげで、おれまで割りを食った」

そのとき、トイレのドアが急に開いて、また辻村が顔をのぞかせた。

「だれが割りを食ったって」

二人はそろって、気をつけをした。

「わたしです」

「自分です」

辻村は、じろじろと二人を交互に見ていたが、急ににやりと笑った。

「そんなに角突き合わせていると、おまえたちのどちらかが、ほんとうに割りを食うかもしれんぞ」

斉木が、耳たぶを引っ張る。

「ええと、どういうことでしょうか」

「近いうちに、人事異動がある。本庁から配置転換で、新しい生活安全課の要員がやって来る、という噂《うわさ》を聞いた。もしそうなったら、おまえたちのどちらかが出て行く、ということもありうるぞ」

梢田は、すかさず言った。

「でしたら、自分が出て行きます。斉木係長には、いつもご迷惑をおかけしておりますので、そろそろ潮どきではないかと思うわけでして」

辻村は、肩をすくめた。

「おれに言ってもしょうがないよ。出すも出さぬも、署長の肚《はら》一つだからな」

そう言って、ドアを閉めた。

斉木が、梢田の肩をこづく。

「出て行くって、おまえ一人敵前逃亡する気か」

「とんでもない。今言ったとおり、あんたには迷惑のかけどおしだったから、配置転換してもらおうと思っただけさ」

「皮肉を言うな。急に妙なことを、思いつきやがって」

「急にじゃない。前から、何度も配置転換の申請をしてるのに、あんたに握りつぶされたんだ。今度は署長の判断だから、あんたにも口は出せないだろう」

「おまえのためを思って、そうしてきたんだぞ。ほかの署へ行ったら、おまえなんか使いものにならんからな。せいぜい、質屋回りがいいとこだ」

「大きなお世話だ。さっきは、なんと言った。只酒は飲まない、ちゃんと金を払ってるだと。よくも、ぬけぬけと」

「払いたくても、向こうが取らないんだから、しかたがない」

「とにかく、あんたが管内のバーで金を払うとこなんか、一度も見たことがない。おれが立て替えた分だって、まだ返してもらってないじゃないか。配置転換でここを出て行くまでに、きっちり清算してもらうからな」

斉木は、顔をしかめた。

「古い話をするな。とにかく、おれは仕事で出かける。おまえはデスクにへばりついて、管内の悪徳サラ金業者のリストを、洗い直しておけ。これは命令だ」

そう言い捨てると、くるりときびすを返して階段へ向かった。

梢田は、斉木の姿が見えなくなるのを待って、こっそりあとを追った。どうも、斉木の様子がおかしい。梢田について来てほしくない、という気持ちが露骨に表れている。そうなると、ますますどこへ行くのか知りたくなるのが、人情というものだ。

署を出た斉木は、本郷通りを小川町の交差点の方へ少しくだって、信号を渡った。すでに午後四時を回り、街には夕暮れが忍び寄っている。

斉木はそれが癖の、小刻みに肩を揺するせかせかした歩き方で、明大通りの方へ向かった。歩くたびに、着古したカーキ色のトレンチコートの裾が、風にぱたぱためくれる。

それにしても、本庁から生活安全課要員が来るというのは、ほんとうだろうか。

御茶ノ水署の生活安全課には、生活安全係、最近二つの係が一つに統合された少年係、そして保安係が一係と二係の二つと、合計四つの係がある。だれかが新しくやって来るとしても、斉木が係長を務める保安二係に配属される、と決まったわけではないだろう。

しかし、かりにそうだとしたらどうか。

もし来るのが警部補クラスなら、斉木のかわりに係長に収まる公算が大きいし、その場合斉木はどこかへ横滑りするかたちになる。また、巡査部長以下なら斉木は動かず、かわりに梢田が出て行くことになるだろう。どこの部署も人手不足のおりから、単なる増員という可能性はほとんどなく、かならず出入りがあるに違いない。

新しい要員が来れば、どちらが出て行くにせよ梢田と斉木は離ればなれになり、互いに角突き合わせることもなくなる。梢田としては、いっそどこか別の署へ移って、心機一転やり直したい気持ちがある。御茶ノ水署には、いささか長居をしすぎた。

考えごとをしながら歩いていたので、斉木が太田姫稲荷神社の先を左へ曲がるのを、もう少しで見落とすところだった。

急いで角まで走る。

看板の陰からのぞくと、斉木は小川町郵便局の角を右へ曲がった。またそこまで走って行く。いったい、どこへ行くつもりだろう。

斉木は、郵便局の隣にある古い建物の階段に、姿を消した。

その前まで行った梢田は、ぽかんとして建物を見上げた。

そこは東京古書会館だった。

2

梢田威は、《古書展開催中》の看板を見つめ、首を捻《ひね》った。

確かに小学校のころ、斉木斉はよく本を読んでいた。だからかもしれないが、成績も要領もよかった。そこが、ただの悪がきだった梢田と、いちばん違うところだ。

しかし、御茶ノ水署で一緒に仕事をするようになってから、斉木が本を読む姿を見たことは、一度もない。斉木が広げるものといえば、週刊誌のグラビアのヘアヌードか、競馬新聞が関の山だった。

それが、東京古書会館とは、恐れ入る。

梢田は外階段をのぼって、古書展の会場へ上がった。手荷物預かりのカウンターがあるが、手ぶらの客はそのままはいって行く。別に、入場料を取られるわけでもないらしいので、梢田は前の客について中にはいった。

驚くほどたくさんの人がいた。古本のにおいと人の熱気で、むっとするほどだ。

世の中に、これほど古本好きの人間がいるとは、知らなかった。ただし、ほとんどが男だ。

フロアは、かなり広い。背中合わせになった書棚の列が、三列ほど中央部を奥まで占拠するほか、壁の四面にもぎっしりと本が並ぶ。はいってすぐ左側が、勘定場になっている。

斉木の姿が見えない。

梢田は、なんとなく棚を眺めるふりをしながら、壁に沿って奥へ進んだ。本は、タイトルと値段を書いた帯がのぞくように、横並びに少しずつずらして陳列してある。『昭和経済側面史』『玉突き上達の早道』『あっと驚く夫婦の秘密』。その雑然とした本の並べ方に、また首を捻ってしまう。

さりげなく振り向き、客の頭越しに中央の書棚の列をのぞき込むと、中ほどに斉木のトレンチコートが見えた。梢田は人込みを掻《か》き分けて、斉木のすぐ後ろへ行った。

斉木は、一応書棚の方に体を向けてはいるが、ときどき首をちらりと左へ振って、だれかを見るようなしぐさをする。

梢田は、斉木の視線の先に見当をつけて、爪先だちになった。

豊かな髪を、牡《おす》ライオンのたてがみのように振り立てた、女の後ろ姿が目にはいる。編み目の粗い黒のセーターに、汚れた軍手をはめた小柄な女だった。棚の本のゆがみを直したり、あいた場所へ別の本を詰めたりするところを見ると、古書展の関係者だろう。

女が横を向き、斉木はあわてて顔をそらした。

梢田は顎をなで、後ろから斉木と女を見比べた。何か妙なそぶりだ。張り込みとは思えない。もしそうなら、斉木は今のような素人くさい真似は、絶対にしない。

横顔を見るかぎりでは、やけに化粧の濃い水商売風の女だ。年はよく分からないが、それほど若そうには見えない。派手な顔立ちだが、梢田の好みではなかった。

ただ、女の姿が極端に少ないこの会場では、白壁に投げつけられたトマトのように目立つ。

女は手を動かしながら、少しずつ奥へ移動して行く。それにつれて、斉木ものろのろと足を進めた。梢田は、一緒になって体を動かしながら、急にばかばかしくなった。ほかの客が、いかにもじゃまくさそうに肘《ひじ》で押しのけたり、尻を割り込ませたりする。

そのとき斜め後ろで、ひときわ高い人声がした。

「押すんじゃねえよ、このやろう」

反射的に振り向く。

ほかの客より頭一つ出た、背の高い男の姿が見えた。

その男が、ぴょこんと頭を下げる。

「すみません、わざとじゃないんです。後ろからのぞくやつがあるかよ」

「人が本を見てるときに、後ろからのぞくやつがあるかよ」

文句を言っている男は、人の陰になってよく見えない。パンチパーマだけが、ちらりとのぞく。

背の高い男が、また頭を下げる。

「のぞいてたんじゃないんです。つい見えてしまっただけで」

二十代半ばくらいの、まだ若い男だった。肩幅の広いりっぱな体格をしており、首も顎もビルの礎石のように頑丈な作りだ。しかし、いかにも人なつっこそうな目の持ち主で、自分の大きな体を持て余しているように見える。

「うるせえ。おれが買う本を、ねらってやがったんだな。とんでもねえやろうだ」

パンチパーマがこづいたらしく、背の高い男の体がわずかに揺れた。

パンチパーマも、背は中くらいだが、いい体格をしている。ただ、相手がもっと大きいので、あまり目立たないだけだった。パンチパーマは本能的に、自分より大きくても十分あしらえる相手、と判断したようだ。

ほうっておくわけにもいかない。そう思って梢田が斉木を見ると、斉木も同じことを考えたらしく、男たちの方へ体を動かそうとした。

そのとき、いつの間に移動したのか例の黒いセーターの女が、突然背の高い男とパンチパーマの間に、割り込んだ。

「やめてください。ほかのお客さまの迷惑になりますから」

女はセーターの下に、ジーンズのルーズパンツをはいている。

パンチパーマは、いきなり場違いな雰囲気の女が出て来たので、ちょっとたじろいだようだ。

「なんだと。あんたは関係ねえだろう。引っ込んでな」

張り上げた胴間声にも、どこか当惑の色がある。

その様子を見て、まわりにいる客たちがざわざわと身を引き、そこに三人だけの空間ができた。

女は急に態度を変え、言葉遣いまで改めた。

「すみません。この人は、うちの店の者なんです。失礼がありましたら、わたしからおわびします」

そう言って、頭を下げる。背の高い男も、あわててもう一度おじぎをした。

パンチパーマは、派手なジャケットの前を開いて、ふんぞり返った。

「ふざけやがって。客をなんだと思ってやがるんだ」

そのパンチパーマの頭を、後ろからだれかがどやしつけた。

「いてて。このやろう、何しやがる」

パンチパーマは、怒気もあらわに向き直った。額の真ん中に、プラスの記号のような十字の傷がある、四十がらみの男と分かる。

斉木がその鼻先に、警察手帳を突きつけた。

「おれは御茶ノ水署の斉木だ。文句があるか、ちんぴら」

警察手帳を見て、パンチパーマは振り上げた拳のやりどころを失い、目を白黒させた。額の傷が、赤黒くなる。

パンチパーマは、ひょいと腰をかがめた。

「どうも、ご苦労さんです」

間の抜けた挨拶《あいさつ》に、くすくす笑いが起こった。御茶ノ水署と聞いて、まわりを取り囲んだ客の間に、安堵《あんど》の空気が流れる。

斉木がやらなければ、自分が乗り出すつもりだっただけに、梢田はほっとした。斉木もなかなか、タイミングを心得ている。

斉木は言った。

「ここはな、本の好きなインテリが来るところで、おまえのようなちんぴらが来るとこじゃない。とっとと家へ帰って、風呂の掃除でもしてろ」

パンチパーマは、赤くなって口をもぐもぐさせた。

しかし相手が悪いと思ったのか、そのまま何も言わずにくるりときびすを返すと、女と背の高い男を押しのけて、出口へ向かった。

女が軍手を取り、斉木に頭を下げる。

「どうも、ありがとうございました」

その顔は妙にこわばっていて、言葉ほどに感謝しているようには見えなかった。正面から見ると、やはりそれほど若くないことが分かる。

騒ぎを聞いて、遅ればせながら集まって来た会場整理の係員たちが、同じように礼を述べた。

「いやいや、当然のことをしたまでです。わたしは、御茶ノ水署の斉木といいます」

斉木は胸を張り、しつこく名前を繰り返した。

梢田は、得意然とした斉木のすぐ後ろに立ちながら、笑いを噛み殺すのに懸命だった。

斉木が、まるで梢田の存在に気づかず、女に向かって言う。

「それで、あなたのお名前と、連絡先は。場合によっては、被害届を出していただくかもしれないので」

梢田も驚いたが、女はもっと驚いたような顔をして、聞き返した。

「わたし、別にそれほどの被害は、受けておりませんけど」

梢田は、斉木の耳たぶが赤くなるのを見た。

「ああ、いや、ほんの形式的なものでしてね。被害届は、出していただかなくても、別にかまいません」

珍しく、しどろもどろだった。

女は、だれかを探すようにあたりに目を配ったあと、早口で言った。

「松本ユリです。彼は、神保町の《陣馬《じんば》書房》の若主人で、陣馬大介といいます。わたしは陣馬書房を通じて、この古書会館で会場整理のアルバイトをしています」

背の高い男が、また頭を下げる。

「陣馬です。どうも、ありがとうございました」

斉木は、陣馬大介の方をろくろく見向きもせず、女に言った。

「松本ユリさんね。ユリさんは、どんな字を書くんですか」

あたりを見回していた女は、うるさそうに目をもどした。

「片仮名の、ユリです」

「なるほど、松本ユリさん、と」

斉木が、しつこく繰り返す。

「それじゃ、失礼します」

松本ユリと名乗った女は、陣馬を促して斉木に背を向けると、出口の方へ向かった。すぐに人込みにまぎれ、見えるのは陣馬の頭だけになった。

「おい、いいとこ見せてくれるじゃないか」

梢田が声をかけると、斉木はくるりと振り向いた。

「な、なんだ。こんなとこで、何をしてるんだ」

そう言って、しんそこ驚いたようにまじまじと、梢田を見つめる。

これほどうろたえた斉木を見るのは、珍しいことだった。ずいぶん前、ロッカーに隠してあったおとなのおもちゃを、辻村隆三に見つかったとき以来ではないか。

「それはこっちのせりふだ。管内視察とかなんとか言って、古本市で油を売るとはどういう料簡《りようけん》だよ」

まわりの客が、二人をじろじろ見る。

斉木は梢田の襟をつかみ、人込みを押しのけ搔き分けして、入り口の脇のバルコニーへ連れ出した。日はほとんど暮れている。

手摺《てす》りにもたれて、たばこを吸う客が二人か三人いるだけで、ほかにはだれもいない。

斉木が、嚙みつくように言う。

「あとをつけて来たのか。陰険なやつだな」

「部下に隠しごとをする方が、よっぽど陰険だぞ」

「隠しごとなんか、してない。最近、古本市でもめごとが多いと聞いたから、保安のためにのぞきに来たんだ。おまえも、さっきのいざこざを見ただろう」

「あんなのは、たまたまだ。あんたの目的は、分かってるぞ。あの、松本ユリとかいう女を、追っかけ回してるんだろう」

斉木の顔が真っ赤になったので、かまをかけた梢田の方がびっくりした。

斉木は、ダックスフントによく似た顔をゆがめ、指先で頰《ほお》を掻いた。

「追っかけ回してるってほどじゃない。今日でまだ二度目だ」

3

「二度目」

梢田威は、ぽかんと口をあけた。

斉木斉は、照れたように口元をゆがめた。

「ああ。先週も来た。だいたい毎週末、ここで古書展をやってるんだ」

「おいおい。あんたが古本に興味があったとは、これっぽっちも知らなかったぞ」

斉木が、こほんと咳払いをする。

「別に、古本はどうでもいい。ちょうど一週間前の昼過ぎ、駿河台下《するがだいした》の交差点を渡ろうとしたら、反対側からあの女がやって来た」

「あの女って、松本ユリがか」

「ほかにいるか。それですれ違いざま、おれは回れ右をして、あとをついて行った。そうしたら、いつの間にかここへはいってたってわけさ」

「なんで回れ右をした。そのまま、全速前進すりゃよかったのに」

斉木は目をむいた。

「あんな美人に出くわして、ほっとけと言うのか」

梢田も、負けずに目をむく。

「美人。だれが」

「ばかやろう、松本ユリに決まってるだろうが」

斉木は大きな声を出し、あわててあたりを見回した。たばこをふかしていた客たちが、うさんくさそうに二人を見る。

斉木は、ぐいと顎をしゃくった。

「その辺で、一杯やりながら話そうぜ」

梢田は腕時計を見た。まだ五時前だ。

「ちょっと、早すぎないか。署の方はどうする」

「日が暮れたからいい」

上司がそう言うなら、梢田に否《いな》やはない。

二人は、古書会館を出て明大通りを渡り、富士見坂をくだった。錦華《きんか》通りを少し歩き、一杯飲み屋の暖簾《のれん》をくぐる。

とりあえず、肉ジャガとモツ煮込みを頼み、ビールで乾杯した。

「で、だれが美人だって」

梢田が促すと、斉木はしかめ面をした。

「何度も言わせるな。美人といえば、松本ユリしかいないだろうが」

「どこが美人だ。あんな厚化粧の女は、今どき田舎のキャバレーにもいない。趣味が悪いもいいとこだ。あんたもそろそろ、眼鏡をかけた方がいいぞ」

斉木は首を振った。

「まったくおまえってやつは、シンビガンがないな」

梢田は、目をぱちくりさせた。

「なにガンだって」

「シンビガンだよ、審美眼。美しいものを美しいと感じる、感性ってものがないと言ってるのさ、おまえには」

「ばかにするな。おれだって、吉永小百合と山田邦子とどっちが美人かくらい、区別がつくぞ」

「だったら、市原悦子と樹木希林はどうだ」

ぐっと詰まる。

「それはまあ、好みの問題だな。おれは、どっちも好きだが」

「要するに、美人そのものがおまえの好みでないことは、よく分かった」

梢田は肉ジャガを頬張り、勝手にビールを注いだ。

「オーケー。あんたがあの女を美人だと言い張るなら、美人だってことにしといてやってもいい。しかし、前後の見境もなくあとを追いかけるとは、あんたらしくもないぞ。ストーカーにでもなったつもりか」

斉木は、ため息をついた。

「ああ、おれにも連中の気持ちが、分かるような気がする」

「冗談はやめろ。まさかあの女に、一目惚《ひとめぼ》れしたってわけじゃないだろうな」

「それがどうも、そうらしいんだ」

梢田はあきれて、首を振った。

「おい、気は確かか。あんな、どこの馬の骨かも分からん女に、色目を遣うなんて」

実際、斉木が女に一目惚れすることがあるとは、考えたくもない。百歩譲って、かりにそういうことがあるとしても、梢田にだけはひた隠しにするはずだ。斉木は、梢田に弱みを握られるくらいなら、躊躇《ちゅうちょ》なく首をくくる男だった。

それが、ばか正直に松本ユリに惚れた、と言う。よりによって、どこにでも転がっていそうな、あんな女に。

斉木は、またため息をついた。

「おれも自分が正気かどうか、自信がなくなった。とにかく気がついたら、古書会館の中にいたんだ。しばらく、あの女が忙しそうに立ち働くのを見てから、署へもどった」

「先週の金曜というと、あんたが署へもどって来たのは、確か夕方だったぞ」

「じゃあ、夕方までいたんだ」

「だったら、しばらくどころじゃない。昼過ぎからだぞ。長生きするよ、あんたは」

「ああ、長くもがなと思いけるかな、だ」

斉木はわけの分からないことを言い、モツ煮込みを口にほうり込んだ。

「それでさっきは、あのちんぴらがもめごとを起こしたのを奇貨として、女の素性を聞き出したってわけだな」

梢田が言うと、斉木はくすりと笑った。

「奇貨として、はよかったな。まったく、そのとおりだ。おまえにしては珍しく、しゃれた言葉を知ってるじゃないか」

　梢田は、鼻をうごめかした。

「こないだ刑訴法の本を読んでたら、起訴状の例文に出てきたんだ。それで、さっそく調べたのさ。おれも勉強してないわけじゃない」

　斉木は猜疑心《さいぎしん》のこもった目で、梢田の顔色をうかがった。

「おまえ、まさかまだ巡査部長の昇任試験に、未練があるんじゃないだろうな」

「あったら悪いか。もし配置転換になったら、今度こそじゃまされずに勉強して、巡査部長になってみせるぞ」

　梢田が息巻いたとき、あとからはいって来た数人の客の一人が顔を振り向け、つとそばへやって来た。

　ジャイアンツの野球帽をかぶり、同じワッペンつきのグレイのジャンパーを着た、中年の男だった。

　男は親しげに、斉木に頭を下げた。

「さっきは古書会館で、お手数をかけました。わたしは《書楽会》の世話役をしている、《下北沢書店》の野沢四郎といいます」

　斉木も、とまどいながら挨拶を返す。

「どうも。書楽会というと」

「今週出展している、古書店のグループの名前です。毎回違うグループが、持ち回りで金曜と土曜の二日間、市を開くんです。今週は、書楽会の当番でして」

「なるほど。いつも同じ店、というわけじゃないんですな」

「ええ。だいたい、二月《ふた》か三月《み》に一度のわりで、番が回ってきます。ちょっと一、二分よろしいですか」

野沢と名乗る男は、そう言って斉木の顔をのぞき込んだ。

斉木は警戒するように、上体を引いた。

「ええ。なんですか」

野沢は口を開きかけ、それから梢田を見た。

「ああ、これはわたしの部下の、梢田です。ご心配なく」

斉木が請け合うと、男は安心したようにビール瓶を取り上げ、二人のグラスにビールを注いだ。

「実は先週、これは《書狂クラブ》というグループの当番だったんですが、さっきのちんぴらがほかの客に因縁をつけて、やはり騒ぎを起こしてるんですよ。昼前のことですがね。わたしは、たまたま先週も仕入れに来ていて、その場に居合わせたんです」

梢田は、グラスを持つ手を止めた。

「先週も、ですって。じゃあ、常習犯か」

「いつも来てるかどうかは、ほかのグループにも聞いてみないと、分かりません。どちらにせよ、騒ぎを起こしたのは少なくとも先週が初めてだ、と思います」

斉木は顎をなで、野沢の顔を見返した。

「それで」

「今度あの男が来たら、入場をご遠慮願おうと思うんです。ただ、暴れられたりすると困るので、また古書会館の方へ見回りに来ていただけると、ありがたいんですが」

斉木が答える前に、梢田は聞き返した。

「また、というと」

野沢は、野球帽のひさしをずり上げた。

「まあ、あの男も今日のあしたはさすがに来ない、と思います。土曜日ですしね。来週の金曜あたり、またやって来るかもしれません。ですから、そのとき刑事さんに顔を出していただけると、安心なんですが」

梢田が答える前に、今度は斉木が口を開く。

「ええと、いや、ああいうちんぴらに限ってしつこいから、すぐまたやって来るかもしれない。あしたも、のぞきに行きましょう」

　やれやれ、と梢田は内心ため息をついた。

　斉木が何を考えているかは、手に取るように分かる。また松本ユリに会える、と計算したに違いないのだ。

　野沢は、うれしそうに頭を下げた。

「ありがとうございます。助かります。今日のお勘定は、わたしたちの方につけておきますから、どんどんやってください」

　梢田は、とたんに元気が出た。

「そうですか。それじゃ、遠慮なく」

　斉木は、それをさえぎった。

「いや、お気遣いなく。もう署へもどらなきゃならないので」

　そう言って伝票をつかみ、そそくさと立ち上がる。

　梢田はあわてて、食べ残したモツ煮込みを口に頰張り、斉木のあとを追った。

　斉木は、カウンターに伝票をぽいと投げ捨て、さっさと先に外へ出た。梢田はしかたなく、二人分の勘定を払った。

　店を出て、斉木に詰め寄る。

「おい、どういうつもりだ。せっかく、どんどんやってくれ、と言ってるのに」

「辻村に、ただで飲み食いするなと釘を刺されたのを、もう忘れたのか」

「しかし、せっかくの好意を無にするのは、かえって失礼だぞ」

「警察官の身で、民間人にごちそうになったことが耳にはいったら、松本ユリはおれたちを軽蔑するぞ」

また松本ユリか。これは相当の重症だ。

「おれは別に、軽蔑されたって屁とも思わないが、あんたがそのつもりならそれでいい。ただし、今の勘定を半分払え。消費税込みで二千四百十五円だから、千二百円だ。十五円は、おれの方でもつ」

「けちなことを言うな。たまにはおごれ」

「よく言うぜ。自分は一度も、おごったことがないくせに。払えと言ったら払え」

「分かった、分かった。給料日に払うよ」

斉木は捨てぜりふを残し、錦華通りを歩き出した。

梢田もあとを追い、肩を並べる。

「あしたも古書会館とは、まったくご苦労さんだな。まあ、あんたはどうせ出番だし、ちょうどいい暇つぶしになるだろう」

「おまえも出るんだ」

梢田は足を止めた。

「なんだと」

斉木は立ち止まらず、さっさと歩き続ける。

梢田はまた、あわててあとを追った。

「おい、おれはあした非番だ。出て来る気はないぞ」

「出て来るんだ。あのちんぴらは、けっこう手ごわそうだった。もし暴れたりした場合、おまえのような体力一点張りの肉体派がいないと、怪我人が出る恐れがある」

「まっぴらごめんこうむるね。あしたは久しぶりに、ウォーキングをやるつもりなんだ」

「ウォーキング。そんなもの、朝早く起きて新宿から御茶ノ水まで歩いて来れば、同じだろうが」

「おれはコンクリートの上じゃなく、土の上を歩きたいんだ」

斉木は急に足を止め、梢田の顔をつくづくと見た。

「すると、何か。おまえは、善良な市民が支援を求めるのを無視して、ウォーキングとやらに出かけるつもりか」

「古書展の用心棒なんざ、警察の仕事じゃないだろう」

「市民生活の安全に関わることなら、なんでもやるのが生活安全課だ。市民から頭を下げて頼まれれば、どぶに頭を突っ込むこともいとわない、それが警察官魂ってものだろう」

「本気か」

「本気だ」

梢田はすっかり感心して、腰に手を当てた。

「女の力はすごいな。怠け者のコオロギを、働き蜂に変えちまうんだから」

4

翌朝。

いつもよりだいぶ早起きした梢田威は、小田急線で新宿へ出たあと、御茶ノ水署を目指して歩き始めた。地図で概算したところ、ざっと七キロか八キロの道のりだ。一時間半みておけば、なんとかなると思う。

斉木斉によれば、古書展は十時開場らしい。ただし、あのちんぴらがこりずにやって来るとしても、朝っぱらからということはないはずだ。十時に署で落ち合って、十時半ごろ行けば十分だろう、と斉木は言った。いくら幼なじみとはいえ、かりにも上司にあたる男にそこまで言われれば、出て行かないわけにいかない。

梢田は、なんとか市ケ谷まで歩いたが、そこでへたばってしまった。やはり、アスファルトの道は疲れる。

時間も十時に迫ったので、梢田は総武線に乗って御茶ノ水へ向かった。

署に着いたときは、十時を五分回っていた。

ウォーキングシューズを革靴にはき替え、生活安全課にはいって行くと、出番の刑事が二人いるだけで、斉木の姿はなかった。

デスクの上に、斉木のメモが残っていた。

杏林堂《きょうりんどう》、外科病棟四階、ナースステーション、と殴り書きしてある。杏林堂は、御茶ノ水駅の近くにある、古い病院だ。

梢田が首を捻っていると、仕切りがわりの低いキャビネットの向こうから、若い刑事が声をかけてきた。

「ゆうべ遅く、さいかち坂で中年の男がだれかにぶちのめされて、倒れてるのを発見されましてね。杏林堂にかつぎ込まれたんです」

さいかち坂は、御茶ノ水駅から水道橋駅につながる、線路沿いの坂道だ。

「管内の住人か」

「それは知りませんが、斉木警部補の知り合いらしいですよ」

「どうしてだ」

「九時半ごろ出て来て、事情聴取からもどった刑事課のデカ長に話を聞いたとたん、深刻な顔をして飛び出して行きましたから」

「ガイシャは、どんなやつなんだ」

「やくざらしいですよ。デカ長の話だと、おでこに十字形の傷があったそうです。古傷なのか、それともゆうべやられたのか、知らないですけど」

　梢田は、前日古書会館で騒ぎを起こしたパンチパーマを、すぐに思い出した。あの男の額にも、確かそんな傷があった。

「ありがとうよ。おれもちょっと、杏林堂へ行って来る」

　十分後、梢田は杏林堂病院の外科病棟にはいり、四階へ上がった。

　看護婦に聞くまでもなく、廊下の向こうから肩を揺すりながらやって来る、斉木の姿が見えた。

「おい、どうした」

「昨日のちんぴらが、さいかち坂でゆうべ遅くだれかに襲われて、ぶちのめされたんだ」

　斉木はそう言って、ベンチに腰をおろした。

　梢田も、並んですわる。

「そうだってな。相手はだれだ」

「今話を聞いてきたんだが、どうも要領を得ない。やつが言うには、黒い目出し帽をかぶった大男が、いきなり暗がりから襲いかかって来たらしい。油断さえしてなけりゃ、簡単に返り討ちにしてくれたんだが、急なことで不覚を取ってしまった、と一人前のことをぬかしやがる」

「目撃者は」

「なしだ」

「だれが発見したんだ」

「深夜のジョギングに出た、地元の予備校生だと聞いた。地面に倒れてるのを見つけて、一一〇番してきたんだ。午前二時過ぎとか言っていた」

「あのパンチパーマは、そんな時間にさいかち坂で、何をしてたんだ」

「散歩だとさ。川向こうの、湯島に住んでるらしい」

梢田は首を振った。

「散歩ね。いったいどこのちんぴらだ、あのやろうは」

斉木は手帳を取り出し、ぱらぱらとめくった。

「大坪丹治《おおつぼたんじ》。上野を根城にする、浅香《あさか》組の中堅幹部だ」

「やはり、暴力団か。傷の具合はどんなだ」

「めちゃめちゃさ。肋骨を三本、右の上腕部と、左の大腿部を折られたほか、右の膝を砕かれている。そのほか、全身に無数の打撲傷だ。意識はしっかりしてるが、当分動けないだろうな、あれじゃ」

「すごいな、そいつは。やくざ同士の抗争か」

「いや、違うな。やくざなら、チャカかドスを使う」

「あのちんぴらも、けっこういい体格をしてたよな。それを、めちゃくちゃに叩きのめすとは、ただの通り魔じゃあるまい。プロレスラーか何かじゃないか」

斉木は、複雑な表情をした。

「それはともかく、実は大坪のジャケットのポケットから、シートが出て来たらしい。刑事課の連中が押収した、と言っていた」

「シート。クスリか」

「そうだ」

シートは、アメリカからはいって来た新種の幻覚剤をすりつぶし、溶剤を加えて板状に薄く引き延ばしたクスリで、近ごろ若者の間にはやり始めたと聞いている。

「ところが大坪は、そんなものを所持した覚えはない、と否定するんだ。その大男が、やつをぼこぼこにしたあとで、ポケットに突っ込んだに違いない、と言い張っている。そのときはほとんど意識不明で、よく覚えていないそうだが」

「しらじらしいやつだ。最初から持ってたに決まってるだろう」

「たぶんな。とにかく、台東署の生活安全課が、歯ぎしりしてるらしい。前から、シャブ密売の疑いで、大坪に目をつけていたそうだ。それを、御茶ノ水署に鼻先でさらわれたわけだから、頭にくるのは当然だ」

梢田は、思わず手のひらを拳で叩いた。

「くそ。昨日、古書会館でやつの身体捜検をしていたら、おれたちの手柄になっていたのにな」

斉木が苦笑する。

「いくらなんでも、そこまではやれないだろう。いちゃもんをつけただけで、暴力を振るったわけじゃないからな」

「しかし、シートなんかで青少年を食いものにしてたやつに、天罰がくだってよかったじゃないか。この機会に、台東署は浅香組にガサ入れをして、つぶしちまえばいいんだ」

「腹いせに、やるかもしれんな。まあ、大坪は当分こっちの手のうちにあるから、連中の方はほっとけばいい」

「しかしこの犯人は、表彰ものだぞ。捜査はほどほどにしておくように、辻村に進言してやれよ」

「むだだな。犯罪は犯罪、情状酌量はなし。やっこさんは、頭が固いんだよ」

「だれの頭が固いって」

そう言いながら、刑事課長の辻村隆三がナースステーションから、のっそりと姿を現した。

二人はベンチから飛び上がった。

「ええと、例の大坪がやられた事件のことですが、あんな固い頭をよくぼこぼこにできたと、犯人をほめていたところであります」

梢田がとっさに言うと、辻村は珍しくにやりと笑った。

「ほう、おまえたちもそう思うか」

「はい。大坪は、いわば社会のダニみたいな男ですから、天罰がくだったに違いありません」

辻村の顔が、すぐにいつもの仏頂面にもどる。

「いくらダニでも、勝手に天誅《てんちゅう》を加えていいわけじゃない。ところで、おまえたちはここで何をしてるんだ」

「ええと、実は古本市で」

梢田が言いかけると、斉木はそれに押しかぶせるように、口を開いた。

「なんでも大坪が、シートを何グラムか所持していたと聞きましたので、保安二係としてはほうってもおけず、事情聴取に来たわけです」

辻村は、じろりと斉木を見た。

「シートについては、保安一係と協力して捜査を進めるように、さっき紺野《こんの》に指示した。おまえたちの出る幕はない」

紺野泰明《やすあき》は刑事課の、暴力犯捜査係長だった。

「しかし保安一係は、今日だれも出署しておりませんが」

「大西には、もう連絡がいってるはずだ。おっつけ出て来るだろう」

斉木は、保安一係長の大西哲也とは犬猿の仲で、対抗意識が強い。みるみるその顔に、不満の色が広がった。

「わたしの手には余る、とおっしゃるんですか」

辻村は、斉木の反応に少し驚いたように、顎を引いた。

「そう考えてはいかん理由でもあるか」

斉木は何か言い返そうとしたが、結局ぶすっとして引き下がった。

「いや、別にありません」

「よし、二人とも署へもどれ。この件については、忘れていい」

辻村はそう言って、廊下を歩き去った。

斉木はその後ろ姿を睨みつけ、それから憤然ときびすを返して、エレベーターホールへ向かった。

ない。

梢田はそのあとから、黙ってついて行った。下手に話しかけて、蹴飛《けと》ばされたく
病院を出ると、斉木は署にもどる気配もみせず、お茶の水仲通りを駿河台下方面へ向かった。

「あまり気にするなよ。辻村のいやみは、昨日今日始まったわけじゃない」

声をかけると、斉木はせせら笑った。

「だれが気にするか。道端に落ちてるヤクを拾っても、なんの手柄にもならん。そんなクズを、おありがとうございと押しいただくのは、大西くらいのもんだ」

その口ぶりから、かなり頭にきていることが分かる。

斉木がどんどん坂をおりて行くので、梢田はたまりかねて聞いた。

「おい、どこへ行くんだ」

「古書会館だ」

「待てよ。大坪は杏林堂で、うんうん唸《うな》ってるんだ。もう古書会館に用はないだろう」

「大坪じゃない。別の人間に、会いに行くんだ」

梢田は立ち止まりかけたが、斉木はすたすた歩き続ける。

やむなくあとを追い、また肩を並べる。

「女のケツを追っかけてる場合か」

「女じゃない。陣馬大介とかいう、古本屋の若旦那に会いに行くんだ」

「なんで、あの男を」

梢田は言いかけ、途中でやめた。

改めて口を開く。

「おい、あの若造が大坪を襲った、と考えてるのか」

「あの図体だからな。動機もある」

「おれはあの若造を、図体こそでかいがからきし度胸はない、と見たがね」

「火事場のばか力ってこともある。とにかく確かめようじゃないか」

「辻村に知れたら、うるさいぞ。この件は忘れろ、と言われたばかりじゃないか」

「知るか。やつの鼻を明かしてやる」

やはり、相当頭にきている。

5

入り口の脇のバルコニーで、野球帽をかぶった男がたばこを吸っていた。

下北沢書店の、野沢四郎だった。

野沢は二人を見ると、たばこをバケツに投げ込み、帽子を取って挨拶した。

「昨日はどうも、ありがとうございました。今のところ、例の男はまだ現れてませんが」

「当分来ないでしょう。ゆうべ遅く、だれかに殴る蹴るの暴行を受けて、病院にかつぎ込まれたんです」

梢田威が言うと、野沢は手のひらでぽん、と額を叩いた。

「どうりで、姿をみせないわけだ。いや、そうでしたか。これで一安心だ」

斉木斉が割り込む。

「ところで、陣馬書房の若旦那は来てますか」

野沢は、帽子をかぶり直した。

「ええ、中にいますよ。呼びましょうか」

「ああ、いや、こっちで探します」

斉木はそう言って、さっさと会場にはいった。梢田もあとを追う。

土曜日のせいか、昨日ほどは立て込んでいないが、それでもかなりの人出だ。世の中の古書マニアの多さに、梢田は改めて驚いた。

斉木は、中央の棚の列の間を、丹念にのぞいて歩く。ただでさえ目立つ、大柄な陣馬大介を探すにしては、少し念が入りすぎている。陣馬を探すついでに、松本ユリの姿を探し求めていることは、間違いない。

ユリが見つかる前に、陣馬の大きな体がいちばん奥の棚の向こうで、ゆっくり動くのが見えた。棚のいちばん上の本を、並べ換えている。

「おい、あそこにいるぞ」

梢田が指差すと、斉木はいかにも残念そうにうなずいた。

「ああ、見えたよ」

そう言って、未練がましくあたりをきょろきょろしながら、奥へ進む。

陣馬は斉木を見て、またていねいに頭を下げた。

「どうも、昨日はありがとうございました」

「いや、どうも。これはわたしの部下の、梢田刑事です。ちょっと外で、お茶でも飲みませんか」

陣馬はとまどったように、瞬《まばた》きした。

「少し待っていただけますか。ほかの係と、交替しますから」

「分かりました。それと、松本ユリさんは、今日来てないのかな」

斉木がさりげなく聞くと、陣馬は申し訳なさそうに肩をすくめた。

「今日は神保町の店の方で、おやじの手伝いをしてるんです」

「あ、そう。昨日、彼女は古書会館のアルバイト、と言ったように思ったけど」

陣馬は、困ったような顔をした。

「ええと、かけもちなんです」

「すると、今日は一日、来ないわけか」

「と思いますが、分かりません」

あまりのしつこさに、梢田はそれとなく脇腹をつついたが、斉木は平気で続けた。

「店は神保町の、どのあたりかね」

「交差点から、水道橋方面へ三百メートルほど行った、左側です」

梢田は、二人の間に割り込んだ。

「じゃ、出口で待ってるから」

強引に言い、斉木の袖を引っ張る。

斉木はぶつぶつ言いながら、梢田と一緒に外へ出た。

五分後、三人は明大通りに面した喫茶店に腰を落ち着け、コーヒーを頼んだ。

陣馬は、フランネルのチェックのシャツに、明るいベージュのダッフルコートを着ている。背は百八十センチくらいあり、肩幅が広く胸板も厚かった。色白の顔が、相対的に小さく見える。

斉木が言った。

「松本さんのアルバイトは、だいぶ長いのかね」

「ずっとじゃないんです。忙しいときに、手伝ってもらうだけで」

「たいへんだね、古書店の手伝いも。ほこりだらけだし、けっこう力も使うし」

「そうですね。でもユリちゃんは、本が好きですから」

「ユリちゃん」

斉木が反射的に言うと、陣馬は頭を掻いた。

「小さいときから、そう呼んでるもので、つい。実は、いとこなんです」

「いとこ。いとこか。それは知らなかった」

斉木は、拍子抜けしたようにシートにもたれ、コーヒーを飲んだ。陣馬もカップに手を伸ばす。

梢田はその手を、それとなく観察した。

背丈相応の大きな手だが、格別節くれ立ってもいないし、関節に人を殴ったような跡もない。武道や、スポーツの心得がある手には、見えなかった。

探りを入れてみる。

「いい体格をしてるじゃないか。大学時代に、何かやってたのかね」

陣馬は梢田を見て、恥ずかしそうに笑った。

「ええ、模型飛行機をちょっと」

「模型飛行機。あれはそんなに、体力を使わないだろう」

ばかにされたような気がして、ついぶっきらぼうな口調になる。

「でもないです。けっこう肩がこりますし」

あっけらかんとしている。梢田は、いらいらした。

「スポーツはやらなかったのか。ラグビーとか、レスリングとか」

「やりません。本を運ぶ手伝いばかりさせられて、十分運動になったものですから」

これははずれだ、と判断して、梢田は口をつぐんだ。

かわって、斉木が言う。

「実は、昨日古書会館できみに因縁をつけた、大坪という暴力団の構成員なんだが、ゆうべ遅く、さいかち坂でだれかに襲われて、全治三か月の重傷を負ったんだ」

陣馬の顔が引き締まる。

「ほんとですか」

「ほんとうだ。あちこちの骨を折られた。だれがやったか、心当たりはないかね」

陣馬は唾《つば》をのんだ。

「ありません。古書店の人たちで、そんなことをする者は、だれもいないです」

むきになって答えるのを、斉木はじっと見つめた。

「だれも、古書店の連中がやった、とは言ってない。むろん、いくら暴力団が相手でも、怪我をさせたのはよくない。だいぶ、やりすぎてしまったしな。しかし、われわれとしては手をくだしたやつを、いくらかほめてやりたい気持ちもある。あれであのちんぴらも、少しはこりただろうから」

陣馬はほっとしたように、肩の力を抜いた。

「とにかく、ぼくは何も知りません」

梢田は、テーブルに乗り出した。

「参考までに、書楽会のメンバーの中で、武道やスポーツをやってる人を、教えてくれないかな。いや、疑ってるわけじゃない。あくまで、念のためなんだ」

陣馬は少し考え、しぶしぶ答えた。

「《明生堂《めいせいどう》》の川俣《かわまた》さんが、空手の有段者と聞いています。《伯楽書房《はくらく》》の溝口さんは、若いころ柔道をやっていたそうです。下北沢書店の野沢さんは、草野球の四番打者。《高倉書店》の高倉さんは、元アイスホッケーの選手。そんなところでしょうか」

梢田は、一応その名前をメモした。

古書会館にもどる、と言う陣馬と別れたあと、斉木は駿河台下から神保町へ向かった。言われなくても、斉木がどこへ行こうとしているか、梢田にはお見通しだった。こうなったら、最後までくっついて行ってやる。

案の定、斉木は神保町の交差点を渡って右折し、水道橋の方へ足を向けた。

梢田も、それにならう。斉木は、じゃまくさそうに梢田を見たが、ついて来るなとは言わなかった。

陣馬書房は、すぐに分かった。

だいぶ手前から、歩道に張り出した平台の前で本を整理する、松本ユリの姿が見えたからだ。昨日と同じ、ゆったりしたジーンズに黒いセーター、汚れた軍手を着けている。

斉木は歩きながら、トレンチコートの襟を立てたり折ったりして、格好を直した。梢田はそれを横目で見ながら、笑いをこらえるのに懸命だった。

「どうも、昨日は」

斉木が、十メートルも手前から、声をかける。

ユリは、うさんくさそうに二人を見てから、あわてて頭を下げた。

「こちらこそ、どうもありがとうございました。おかげで、助かりました」

相変わらず、しっかり化粧をしている。

マスカラにアイシャドー、ピンクの頬紅に真っ赤な口紅。どんな仕事だろうとかまわないが、古書店のアルバイトにだけは見えない女だ。

　この女を、斉木は美人だと言い張る。あばたもえくぼとは、まったくうまいことを言ったものだ。

「ちょっとその辺で、お茶でもいかがですか」

　斉木が誘うと、ユリは申し訳なさそうな笑いを浮かべた。

「すみません、これを片付けないといけないので」

　斉木は、しんから残念そうな顔をした。

「それじゃ、立ち話で恐縮ですが、一、二分いいですか。手は動かしていて、いっこうにかまいませんから」

「はい。こちらのかたは」

　ユリが、梢田に目を向ける。

　斉木は、めんどくさそうに手を振った。

「いや、こいつはただの、通りすがりの者です」

　梢田は憮然《ぶぜん》として、こくんと首を上下させた。

「この男の、通りすがりの部下で、梢田といいます。よろしく」

　ユリはとまどったように、ぱたぱたと瞬きした。

「どうも」

斉木が、もどかしげにくちばしを突っ込む。

「実は、昨日古書会館で騒ぎを起こした、例のちんぴらのことですがね」

さっき、陣馬にしたのと同じ話をユリにして聞かせ、心当たりを尋ねる。

ユリは本を整理しながら、途方に暮れたように首をかしげた。

「さあ。古書店の関係者で、それほど腕に覚えのある人はいない、と思います。やくざ同士の、喧嘩《けんか》じゃないんでしょうか」

斉木が、話を変える。

「ここの陣馬大介君とは、いとこ同士だそうですね。さっき、彼から聞いたんですが」

「はい」

「彼は大学時代、運動とか武道とか、やってなかったんですか。いい体をしてるけど」

「昔から、大きいことは大きいんですけど、とくにやってなかったと思います。水泳くらいかしら」

梢田は、思わず乗り出した。

「水泳。そんな話は、出ませんでしたがね」

ユリは、本を整理する手を止め、二人を見比べた。

「お二人とも、大介君を疑ってらっしゃるんですか。彼は虫も殺せない、おとなしい若者ですよ」

「虫は殺せなくても、人をぶち殺す男はたくさんいますよ、世の中に」

ユリは梢田を睨み、斉木に目を移した。

「ゆうべわたしは、この裏にある伯父の家に泊まりましたけど、大介君は一歩も外へ出ませんでした。それだけは、はっきり申し上げておきます。伯父も証言してくれます」

「家族の証言は、たいした証拠にならないんですがね」

梢田がいやみを言うと、ユリは軍手をずらして、わざとらしく腕時計を見た。

「すみません。もう五分たちました」

そのまま唇を引き結んで、本の整理に没頭する。

斉木は、まるでそれが梢田の責任だとでもいうように、すごい目で睨んだ。

梢田は、その視線に気づかないふりをして、通りの向かいに目をそらした。

斉木が、申し訳なさそうに言う。

「どうも、失礼しました。また近いうちに、古書会館でお目にかかりましょう」

女の返事は、聞こえなかった。

6

週が明けて、月曜日。

斉木斉と梢田威は、朝一番で署長室へ呼ばれた。署長の三上俊一《みかみしゅんいち》警視正のほかに、生活安全課長の横内保正《よこうちやすまさ》警部と、見知らぬ二人の女が待っていた。

一人は四十過ぎの、牝牛《めうし》のようにがっちりした体格の女で、頬の真ん中辺ににきびの痕《あと》がある。生地の厚い、ごわごわした感じの紺のスーツに身を包み、体にふさわしい足の下で、パンプスがゆがんでいる。口紅は唇から大幅にはみ出し、鼻の下にはうっすらと髭《ひげ》が見えた。

もう一人は、牝牛に比べると子羊くらいに見える、小柄な女だった。髪を引っ詰めにして、薄めに塗った口紅以外に、化粧気はない。あまりあかぬけない、だぶだぶしたグレイのパンツスーツを着ている。年は、三十を少し出たくらいか。目は大きすぎ、鼻は小さすぎ、顎は細すぎた。おまけに、頬に薄くそばかすが散っている。牝牛と並ぶと、どんな女も美人に見えることを考慮しても、せいぜい十人並みがいいところだろう。

署長が、二人の女を見て言う。

「紹介させてもらいます。これがわが署の生活安全課、保安二係長の斉木斉警部補と、部下の梢田威君です」

続いて、斉木と梢田の方に向き直る。

「こちらは、本庁生活安全部生活安全総務課の管理官、ウシブクロサト警部と、同課所属のゴホンマツサユリ巡査部長だ」

二人の女が立ち上がり、お互いに名刺を交換する。

牝牛の名刺には、牛袋サトとあった。梢田はわけもなく、武者震いした。子羊の名刺には、五本松小百合とある。ともにすさまじい名前だが、あとの方はまだ許せる。

挨拶が終わるのを待って、署長は続けた。

「年明け早々、五本松巡査部長が本庁からわが署に、転属することになった。それで今日は、牛袋警部が巡査部長を帯同して、挨拶に見えたわけだ」

斉木も梢田も、改めて牛袋警部に目礼する。

梢田は上目遣いに、五本松巡査部長を見た。

辻村隆三が言った、新しくやって来る生活安全課要員とは、この女刑事のことだったのだ。それにしても、来るのが女とは思わなかったし、まして自分より階級が上とは、予想もしなかった。

さらに署長が続ける。

「それで、とりあえず五本松巡査部長を、斉木警部補の係の所属とすることに決めた。年が明けたら心機一転、三人で仲よくがんばってもらいたい」

梢田は耳を疑い、署長の顔を見た。

「ええと、今なんとおっしゃいましたか、署長」

横内課長が、丸い鼻の頭に汗を浮かべて、脇から言う。

「三人でがんばれ、とおっしゃったんだ。何を聞いているのかね」

大いに焦る。

「三人といいますと、斉木係長と自分と、五本松巡査部長のことで」

「ほかに、だれがいる」

横内が言い、署長がうなずいた。

それを聞いて、牛袋警部が口を挟む。

「五本松巡査部長だけで不足なら、自分も一緒に来てもいいですよ。ただでさえ、この子をあなたたちの手に委ねるのが、心配なんですから」

梢田はそれを無視して、横内に訴えた。

「しかし、保安二係はずっと二人所帯でやってきましたし、それで十分なことは課長がよくご存じのはずです。五本松巡査部長が来れば、自分が二係に残る理由は何もありません。現に新しい要員が来た場合、わたしはどこかへ配転になる、と聞きましたが」

署長が、その答えを引き取る。

「だれに聞いたか知らんが、署員を外へ出すか出さないか決めるのは、署長たるわたしの仕事だ。きみはどこにも行かない。少なくとも、当面はな」

梢田はめまいがして、そばのキャビネットにつかまった。御茶ノ水署におさらばして、別の署で心機一転やり直そうという目算がはずれ、がっくりきた。

署長が、梢田のショックもおかまいなしに、五本松巡査部長に言う。

「この二人は、わが御茶ノ水署でも屈指の敏腕刑事、とは言いがたいものがあるが、いたって気のいい連中だ。がんばりなさい」

五本松巡査部長は、女学生のようにぎくしゃくとおじぎをした。

「よろしくお願いします」

「よろしく」

「どうも」

斉木も梢田も気のない返事をして、申し合わせたように天井を仰いだ。

署長が付け加える。

「五本松巡査部長は、御茶ノ水署始まって以来の女性私服刑事であるから、そのつもりで礼儀正しく受け入れるように。分かったら、下がってよろしい」

だれにともなく頭を下げて、梢田は斉木のあとから悄然《しょうぜん》と署長室を出た。

階段をおりながら、斉木が言う。

「いいか、礼儀正しく扱えよ」

「おれは女嫌いだし、女の刑事はもっと嫌いだ。あんたに任せる」

「ばかを言え。おまえより年は若いが、向こうは巡査部長だぞ。おまえはただの、巡査長だ。口のきき方に気をつけろよ」

頭を抱えたくなる。女で、刑事で、位が上とくれば、三重苦もいいところだ。

階段をおりたところで、刑事課から出て来た辻村隆三と、ばったり顔を合わせる。

「おう、ご両人。今署長室に、新しい生活安全課の要員が挨拶に来ている、と聞いたぞ。会って来たか」

梢田は、辻村のそばへ行った。

「課長、話が違うじゃないですか。来るのは女の巡査部長で、しかも保安二係に配属されるんですよ」

辻村は、梢田の見幕にちょっとたじろぎ、顎を引いた。

「おれは、女とも巡査部長とも言わなかったし、生活安全課のどこに配属される、と言った覚えもない」

「しかし、新しいのが来たら斉木係長か自分が出て行くことになる、とおっしゃったでしょう」

「そういうこともありうる、と言っただけだ。おまえたちのかわりに、少年係の岩《いわ》月《つき》が本庁へもどることになった、と聞いている。とにかくおまえたちも、離ればなれにならなくてよかったじゃないか。なんといっても、小学校以来の親友同士だからな」

辻村はそう言い残し、階段を駆け上がって行った。

席へもどると、キャビネットを挟んだ保安一係のブロックから、係長の大西哲也がウラナリ顔を突き出して、斉木に話しかけた。

「果報は寝て待て、と言うが、まったくだな。棚からクスリが落ちてくるんだからな」

大西の班は辻村の指示で、大坪丹治が所持していた新しいタイプの覚醒剤を、押収したのだった。

珍しく斉木は、顔色を変えなかった。

「それはよかったな。大坪の取り調べは、もう終わったのか」

大西は拍子抜けしたように、キャビネットから体を起こした。

「終わった。覚醒剤所持の現行犯のくせに、襲われた相手にクスリをねじ込まれた、などと見え透いた嘘をつきやがって。あとは、余罪を追及するだけだ。台東署が、かりかりしてるらしいけどな」

斉木は梢田に顎をしゃくり、先に立って廊下へ出て行った。

「どこへ行くんだ。また陣馬書房か」

「違う。大坪のところだ」

二人は杏林堂病院へ行き、四階へ上がった。

大坪の病室は、個室だった。浅香組が手配したのだろう。

斉木は、病室の前で見張りをしている制服警官に、だれも入れないように命じて、中にはいった。梢田もあとに続く。

日のよく当たる、けっこう広い部屋だった。

大坪丹治は、顔だけ残して全身を包帯とシーツで包まれ、ベッドに横たわっていた。骨折した足を、牽引器具で吊っている。

斉木はベッドの向こう側に回り、梢田はドアの内側にもたれかかった。

大坪は目だけ動かして、警戒心もあらわに二人を見比べた。額の十字の傷が、心なしか赤黒くなったようだ。

「二つ三つ、聞きたいことがあるんだ」

斉木が言うと、大坪は顔をそむけた。

「もう、何も言うことはありませんぜ、旦那がた」

「いや、忘れてることがあるかもしれん、と思ってな」

斉木は気さくな口調で言い、大坪の上に身をかがめた。大坪は脅えたように、ごくりと喉を動かした。

斉木が続ける。

「たいへんだな、大坪。この分じゃ、社会復帰までに時間がかかるぞ。まあ、気長に養生するしかないな」

「いったいあたしに、なんの用があるんで」

斉木は、大坪に顔を近づけた。

「これは、取り調べじゃない。担当は保安一係の大西で、取り調べはもう終わったと聞いている」

「だから、もう話すことはない、と言ったでしょう。あの覚醒剤は、おれが持ってたんじゃない。検察でも裁判所でも、おれは絶対認めないぞ」

大坪はしだいに興奮して、《あたし》が《おれ》になった。

「そうだ、その調子でがんばれ」

斉木が応じると、大坪は水を差されたように眉をひそめ、顔を見直した。

「何を聞きたい、とおっしゃるんで」

「ほんとうのことをさ。いったい、だれにやられたんだ」

「だから、言ったでしょう。目出し帽をかぶってたんで、分からなかったって。とにかく熊みたいに、でかいやつですよ」

「古書会館でおまえが因縁をつけた、あのでっかい若者じゃないのか」

大坪はまた喉を動かし、せわしなく瞬きした。

「ああ、あいつか。そう言えば、あいつかもしれませんね。いや、そうに違いない。あの若造ですよ、きっと」

「ほう。あんな気の弱そうな、マンボウみたいな若造にやられたのか。古書会館では、ずいぶん強気だったくせに」

大坪は赤くなった。

「油断してたんでさ。そうでもなきゃ、あんなやつに」

「だいたい、夜中の一時だか二時だかに、なんだってさいかち坂をうろうろしてたんだ」

「だから、散歩してたと言ったじゃないですか」

斉木は、牽引器具で吊られた大坪の足に、手を置いた。

大坪は顔をしかめ、ため息を漏らした。

「太ももを骨折したうえに、膝の骨がつぶれたときては、ちょいと心配だな。うまく固まらないと、一生まっすぐ歩けなくなるかもしれん。まあ、もともと人生をまっすぐ歩いて来たわけじゃないから、同じことだが」

斉木はそう言いながら、ギプスに包まれた足をぽんと叩いた。

「いてて。やめてくださいよ、旦那」

「痛いか。これならどうだ」

斉木は少し力を入れて、足を上から押さえつけた。

大坪は悲鳴を上げ、体を動かした。

梢田は生唾をのんだが、何も言わずにやらせておいた。これまで、大坪が世の中にかけた迷惑の数かずを想像すると、その程度の罰は当然だ。

ノックの音がしたので、梢田は体をどけてドアを細めに開いた。

制服警官が、緊張した顔で立っている。

「だいじょうぶでしょうか。悲鳴が聞こえたような気がしましたが」

「おう、だいじょうぶだ。ちょっとマッサージしてやってるのさ。リハビリが必要なんだそうだ」

ぴしゃりとドアを閉める。

斉木は、大坪の足に手を置いたまま、ぞっとするような笑いを浮かべた。

「大坪。さっさとほんとのことを吐いた方が、身のためだぞ。さっきも言ったとおり、これは取り調べじゃない。だから調書も取らないし、保安一係の連中にもしゃべらない。もちろん、浅香組のやつらにも黙っていてやる。ただし、これ以上手間をかけさせると、この足の上に二人でまたがって、シーソーをすることになる。分かったか」

「や、やめてくれ」

大坪は脂汗を浮かべ、救いを求めるように梢田の方を見たが、むろん梢田は無視した。

しばらく大坪は、唇をなめたり鼻の上にしわを寄せたりしていたが、とうとうため息をついて言った。

「分かりましたよ、旦那。絶対人に言わない、と約束してくれ。とくに、組の連中に」

「ああ、約束する」

斉木が請け合うと、大坪はあきらめたようにしゃべり始めた。

「金曜の夜、あれはもう十二時半を回ってたと思うが、おれが湯島の雀荘を出て表通りへ歩いて行くと、あの女が声をかけてきたんですよ」

「どの女だ」

大坪は、目を伏せた。

「古書会館にいた、あのけばい女でさ」

7

斉木斉と梢田威は、黙って顔を見合わせた。

大坪丹治が続ける。

「あの女に、わびを入れたいから一緒にマンションへ来てくれ、と言われましてね。あたしも嫌いじゃないし、お人好しにものこのこついて行ったわけですよ、聖橋《ひじりばし》を渡って。それで、さいかち坂に差しかかったときに」

そこで言葉を切り、つぎを言いよどむ。

「そのときに、あの若造が現れたってわけか」

梢田が助け舟を出すと、大坪は力なく首を振った。

「いえ、だれも。一緒に歩いていたあの女が、ものも言わずに襲いかかってきたんです」

梢田はぽかんとして、斉木の顔を見た。

斉木も驚いたようだが、何も言わずに目で大坪を促した。

大坪は唇を嚙み、独り言のように続ける。

「それがまあ、強いのなんの。不意をつかれたから、なんてもんじゃない。あの小さな体が、まるで六気筒のエンジンを搭載した水車みたいに動き回って、おれの体をめちゃくちゃにぶちのめしたんです。気がついたら、おれはアスファルトの上にのびて、うんうん唸ってたってわけで」

梢田は、大坪の上に乗り出した。

「嘘をつけ。あんな華奢《きゃしゃ》な女に、やられるわけがないだろう」

大坪は情けなさそうに、眉を八の字に寄せた。

「だれだって、そう思うでしょう。だから、言えなかったんだ。こんな嘘を、だれが考えつくものか」

「間違いないか」

斉木が念を押すと、大坪は二度うなずいた。

「間違いありません。ただし、このことは絶対、組の連中に黙っていてくれ。あんなちび女にのされたなんて知れたら、若い者に示しがつきませんからね。いや、やくざをやってられなくなる。おれにとっちゃ、死活問題だ」

病室に、静寂が流れる。

梢田は体を起こし、斉木を見た。斉木は肩をすくめただけで、何も言わない。

梢田は、大坪を見下ろした。

「ポケットにはいってた、シートとやらはどうした」

大坪の目が、急に光り出す。

「あれは何度も言ったように、おれが持ってたんじゃない。あの女が勝手に、ポケットに突っ込んで行ったんだ。おれはあちこち骨を折られて、抵抗できなかった。正直、これまでシートにさわったこともない、とは言いませんよ。でもね、今度ばかりは嘘じゃないんだ。信じてくださいよ、旦那」

最後には、拝まんばかりにして、哀願する。

斉木は体を引き、無関心な口調で言った。

「おれたちに言っても、しかたがない。せいぜい法廷で、がんばるんだな」

病室を出ようとすると、大坪が声をかけてきた。

「くれぐれも内緒ですよ、旦那がた。男と男の約束だからな」

男と男の約束が、聞いてあきれる。

エレベーターホールへ向かいながら、梢田は言った。

「おい、ほんとだと思うか。おれには、信じられないな」

「一度あの女に襲いかかって、ほんとかどうか試す必要があるな」

斉木は、本気とも冗談ともつかずに応じて、エレベーターに乗り込んだ。

「シートの件はどうだ。あれもほんとだと思うか」

「なんとも言えん。あの女に聞くしかないな」

病院を出ると、斉木は明大通りの方へ行こうとする。

「おい、署へもどらないのか」

「陣馬書房へ行って、松本ユリと話をするのさ」

「どうせこの事件は、大西のものなんだ。何もお手伝いをすることはないだろう」

「おまえがいやなら、おれ一人で行く」

梢田は、首を振った。

「好きにするさ。おれは署へもどる」

二人は左右に別れた。

梢田は、仲通りを御茶ノ水駅の方へのぼり、聖橋の方へ向かった。

駅前で、早昼でも食おうかと足を止めたとき、横断歩道を渡って来る牛袋サトと、五本松小百合の姿が見えた。おそろいのような、茶のコートを着ている。

身を隠す間もなく、牛袋警部が目ざとく梢田をみつけて、そばへやって来た。

「さきほどはどうも。お連れの係長は、どうなさったの。ええと、なんとおっしゃったかしら、ダックスフントみたいな顔をした、あの」

「斉木です。斉木斉」

「そうそう、斉木さん。ご一緒じゃなかったの」

「係長は管内視察のため、古本屋へ行っています」

「古本屋」

牛袋警部はきょとんとしたが、急に思いついたように腕時計を見た。

「ええと、わたしはお昼に人が訪ねて来るので、お先に失礼するわ。あなたたちは、お近づきのしるしにそのあたりで、お茶でも飲んでいらっしゃい。それじゃ」

そう言い残すと、牝牛のような体を揺すって、切符売り場の方へ行ってしまった。

置き去りにされた小百合が、困ったような顔で梢田を見上げる。梢田も途方に暮れたが、無視するわけにもいかない。

しかし、二人きりでお茶を飲むのも、気詰まりだった。

「それじゃ、その辺をちょっと一歩きして、管内の様子をお目にかけましょう」

梢田は先に立って、明大通りの方へ向かった。

小百合が肩を並べる。

「梢田さんは、斉木係長と小学校が同級だったそうですね」

梢田は内心、舌打ちした。もうだれかがしゃべったらしい。

「秀才の同級生と、また一緒に机を並べることができて、自分は幸せ者です」

「そんな、心にもないことを」

「え」

ずばり指摘されて、梢田はうろたえた。

「今の言葉が、五本松の口から係長の耳にはいると、係長はきっと大笑いしますよ」

小百合は、自分のことを五本松、と呼ぶらしい。

梢田は、話題を変えた。

「ええと、ここが明大通りです。右の御茶ノ水橋の、真ん中から向こうが文京区になります。下を流れる神田川も、中央で区が分かれます」

相手が巡査部長だと思うと、どうもしゃべりにくい。

明大通りを渡り、角の交番の警官に敬礼を返して、かえで通りにはいる。

「この道は、総武線と中央線の線路沿いに、水道橋駅までつながっています。この界隈《かいわい》は、専門学校や予備校、病院が多いんです。だから、学生も多い」

「最近学生の間に、クスリがはやってるんですよね。本庁でも、頭を痛めています」

「そのようですね。クスリといえば、先週の金曜日の夜遅く、この先のさいかち坂で事件がありましてね」

「ええ、知っています。暴力団員が襲われたんでしょう」

「そうです。それで、そいつのポケットから、シートが出てきた。新しいタイプの、覚醒剤のことですが」

「あの事件の扱いは、保安一係になったそうですね」

「ええ。棚からぼたもちみたいなものだから、二係はこっちから断りました」

やがて、さいかち坂に差しかかる。

中ほどまでくだったとき、小百合はふと足を止めて、アスファルトを指差した。

「倒れていたのは、あのあたりですね」

路上には別に、なんのマークもしてない。出血もなかったのか、それらしい汚れも見当たらない。

「どうですかね。自分は現場を見てないので」

「あそこです。大坪はあそこに倒れて、芋虫みたいにもがきました」

「え」

梢田は、小百合が何を言っているのか分からず、顔を見直した。

小百合が、梢田を見返す。小百合の顔は、それぞれの部品こそ不釣り合いだが、全体としてはバランスが取れている。思ったほどには、不美人ではない。

「せっかく手土産を持って来たのに、保安一係にさらわれて残念ですね」

ますます分からなくなる。

「手土産、と言いますと」

「大坪丹治のことですよ」

梢田はあっけにとられた。目の前に、靄《もや》がかかったような気分になる。

「どういうことですか。巡査部長は、もしかして大坪のことを」

そこまで言いかけて、口をつぐむ。

小百合が、手を首の後ろに回して、髪留めを引き抜く。引っ詰めにした、豊かな髪を両手で丹念にほぐすと、牡ライオンのたてがみのように振り立ててみせた。

梢田は思わずのけぞり、ガードレールに膝の裏をぶつけた。

「あなたは、ええと、松本ユリ」

小百合が、にっと笑う。

「それは、仮の名前です。今後とも、よろしくお願いします」

「ちょ、ちょっと待ってください。いったいこれは、どういうことですか。あなたは、陣馬書房のアルバイトじゃなかったんですか、神保町の」

「そうですよ、非番の日はね。伯父の店ですから」

梢田は立っていられず、そばのベンチに腰をおろした。

小百合も並んですわる。

　梢田はハンカチで汗をふき、話の筋道を立てようとあれこれ考えを巡らした。しかし、いっこうに何も見えてこない。

「なんだってあなたは、というか巡査部長は、大坪をあんな目にあわせたんですか。いや、大坪をあんな目にあわせたのは、ほんとに巡査部長なんですか」

「ええ。ためしに、五本松に襲いかかってごらんなさい」

　松本ユリに襲いかかって、試してみる必要がある、と言った斉木の言葉を思い出して、梢田は緊張した。だぶだぶのパンツスーツに隠れた、小柄な小百合の体にそのようなパワーが秘められているとは、とても信じられない。

　しかし、さっき目にした大坪のみじめな姿を思い出すと、それを確かめる度胸はなかった。大坪が、あの男にすれば恥を忍んで打ち明けたことは、どうやらほんとうだったようだ。

「いや、遠慮しておきます」

　その役は、いずれ斉木が務めてくれるだろう。

　小百合は、また髪をまとめて引っ詰めに結い直し、髪留めをもどした。

「古書会館の会場で、浅香組がひそかに覚醒剤を売人《ばいにん》に卸している、という情報がSからはいったんです。Sというのは、五本松が使っている、スパイの売人のことですけど」

「なんでまた、あんなところで」

「あそこはいつも込んでいますし、しかも自分が探す本にばかり気を取られて、人のすることに無関心ですよね。売人が、手に取った本にシートを挟んで、棚にもどす。買う方は別の本に金を挟んで、シートのはいった本の隣に差し入れる。それを互いに手に取って、中身を回収するわけです」

「ずいぶんめんどうなことをしますね。路上でやりとりした方が、よっぽど手っ取り早いのに」

「それだけじゃありません。今思うと、大坪があそこで騒ぎを起こしたのは、その交換作業をカムフラージュする、陽動作戦だったようです。五本松も含めて、まわりの人間がそっちに気を取られているうちに、取引を終わらせたに違いありません」

そう言えば、あのとき小百合が斉木に礼を言いながら、周囲を気にしていたのを思い出す。

「それにしても、覚醒剤の取引現場にたった一人で乗り込むなんて、聞いたことがありませんよ。同僚と手分けして見張らなければ、逮捕だってできないじゃないですか」

「もちろん、ふつうの捜査員は、そうするでしょうね」

「すると、巡査部長はふつうではない、と」

「だから御茶ノ水署の、保安二係に飛ばされたんです」

涼しい顔をして言う。

梢田はすわったまま、膝に肘をついた。

「実はさっき大坪が、巡査部長にめちゃめちゃにやられたことを、自分と斉木係長に打ち明けたんです。やくざ人生に関わるからと、だれにも絶対言わない約束でね。むろんあの男は、巡査部長が本庁の刑事だなんて知らないし、古書展で出会った恐ろしい女としか認識してない、と思います。もう一度聞きますが、なんだって巡査部長はあの男を、あんな目にあわせたんですか」

小百合は肩をすくめた。

「地道にやるのが、めんどうくさくなったから。あの男を含めて、浅香組がシートを若者の間に流していることは、はっきりしてるんです。でも覚醒剤取引は、現場を押さえないとだめ。現物がないと、逮捕できません。ですから、御茶ノ水署へ配転になる行きがけの駄賃に、天誅《てんちゅう》を加えたんです」

「天誅を加えただけでなく、シートをやつのポケットに突っ込んで、濡《ぬ》れ衣《ぎぬ》を着せませんでしたか」

梢田が突っ込むと、小百合は顎を上げた。

「濡れ衣じゃありません。いつも持ってるのに、あのときは忘れたようでしたから、持たせてやっただけです」

少しもへこたれた様子がない。

「実際は、だれのシートですか」

「だれのものでもないわ。五本松が、別の事件で押収した覚醒剤の中から、こういうときのためにキープしておいたものです」

梢田は首を振り、ため息をついた。

まったく、とんでもない女刑事が、やって来たものだ。これが女でもなく、年下でもなく、階級が上でもなければ、まだ手の打ちようがあるのだが。

どちらにしても、もしこんなことが上層部にばれたら、小百合は監察からきつい事情聴取を受けたあげく、懲戒免職になるのは必定だ。

小百合は、梢田が何を考えているか察したように、顔をのぞき込んできた。

「どうしますか。署長に密告しますか」

梢田は当惑して、小百合を見返した。

「なんで自分に、正体を打ち明けたんですか。黙っていれば、分からなかったのに」

「少なくとも、当分は」

小百合は、にっと笑った。歯並びだけはいい。

「それは、斉木係長も梢田さんも五本松と同類だ、と思ったからです」

梢田が反論しようとしたとき、小百合が眉を上げて坂の下を見た。

「噂をすれば、だわ」

振り向くと、さいかち坂を肩を揺すりながら上がって来る、斉木の姿が見えた。

斉木はすぐに二人に気づき、そばへやって来た。

「五本松君。梢田はきみを、礼儀正しく扱ってるかね」

小百合は立ち上がり、斉木に最敬礼した。

「はい。管内の様子を、レクチャーしていただきました」

「あまり妙なことを、レクチャーされないようにな」

斉木はにやりと笑い、ウィンクした。

小百合は、それに気づかなかったような顔で、腕時計を確かめた。

「申し訳ありませんが、本庁にもどらなければなりません。今後とも、よろしくお願いします。失礼します」

「こちらこそ。駅まで、一緒に行こう」

斉木は、小百合が歩き出すのを待って、梢田にささやいた。

「今日は休みで、店にいなかった」

「だれが」

「松本ユリだよ」

いるわけがない。

斉木は、前を歩く小百合の後ろ姿を見て、さらに声を低めた。

「どうせなら本庁も、もう少し美人をよこしてくれればよかったのにな」

五本松小百合こそ、斉木が美人だと一目惚れした松本ユリだと言ってやったら、どんなにすっきりするだろう。

いずれ、そのときがくる。

梢田は楽しみを胸に温めながら、小百合のあとについて駅の方へ向かった。

水仙

大沢在昌

メールを受信したのは、午後十時を回った時刻だった。

『程永詳《ていえいしよう》という人を知っていますか。今、従姉《いとこ》のやっているレストランにきています』

聞き覚えのない名だった。書類仕事をかたづけるために鮫島《さめじま》は新宿署にいた。署のパソコンで検索すると、顔写真とともにデータが表示された。

二週間前、群馬県高崎《たかさき》市で発生した中国マッサージ店女性従業員殺害事件の重要参考人として手配されている。殺されたのは、程と内縁関係にあった李佳《りか》という女で、殺される一週間前まで池袋《いけぶくろ》の中国マッサージ店につとめていた。同僚の話によれば、程との関係を解消しようと、友人を頼って高崎に移ってきた直後らしい。

身を寄せていた友人のアパートで絞殺されているのが発見された。その周辺で事件前日、程と容貌の似た男が目撃されており、群馬県警が重要参考人として手配したのだ。程の自宅は池袋だった。

鮫島は、群馬県警の捜査一課に電話を入れた。

「こちら、警視庁新宿署生活安全課の鮫島と申します。重参で手配されている程永詳と似た人間が、管内の中国料理店にいるとの通報がありました。担当捜査員の方、都内におられるでしょうか」

「いやあ、それは参ったな。実は今日、うちの人間が東京をいったん引き揚げてきたばかりなんです。程の住居周辺をずっと張っておったのですが。管内というとどちらですか」

「新宿区百人町《ひゃくにんちょう》二丁目です。ＪＲの駅でいいますと新大久保《しんおおくぼ》の北側になります」

「池袋からは遠いのですか」

「それほど遠くはありませんが、区は異なります」

担当者は唸《うな》り声をたてた。

「たいへん申しわけないお願いなのですが、その通報の確認をしていただけませんか。今からこちらの人間をいかせてはとうてい間に合わないと思いますので」

「了解しました。確認し、該当者であると判明した場合、任同を求めますか」

「まだ令状はでておりません。判明すればただちに人を向かわせますので、よろしくお願いします」

鮫島は承知したと告げ、もう一度所属と氏名を口にした。担当者は、群馬県警捜査一課の有村《ありむら》と名乗った。

程の写真をプリントアウトし、拳銃を着装して、覆面パトカーに乗りこんだ。

中国料理店「玉蘭《ぎょくらん》」は、大久保通りを北に入った一方通行の路地にあった。一方通行の出口にあたる場所に覆面パトカーを止め、「玉蘭」の出入口を監視した。

張り込みを開始して三十分後に三人連れの男が「玉蘭」をでてきた。三人は二人とひとりに別れ、二人は新大久保駅方向へ歩きだし、残ったひとりが大久保通りのガードレールに尻をのせ、煙草《たばこ》を吸い始めた。その位置は覆面パトカーの正面だった。

煙草を吸っている男とプリントアウトした写真を見比べ、鮫島はパトカーを降りた。

男は酔っているようだった。鮫島が近づいても、気にするようすもなく首をふり、ひとり言をつぶやいている。

「程さんか」

鮫島が問いかけると顔を上げた。瞬《まばた》きし、

「あなた誰？」

と訊《たず》ねた。

「新宿警察署の鮫島といいます。訊《き》きたいことがあるので、いっしょにきてくれますか」

瞬間、男の目から酔いが抜けた。

「理由はわかりますね」

男の目が逃げ道を捜すように動いた。

「ここで逃げだしても同じだ。むしろかえって悪いことになる」

男は深々と息を吸いこんだ。

「わかってるよ。こっちからいこうと思ってた」

負け惜しみのように言った。鮫島は男を立ち上がらせ、覆面パトカーの後部席に乗せた。


群馬県警からの迎えは午前零時過ぎに新宿署に到着した。程の身柄を引き渡す手続きの終了は午前一時を回った。程はそのまま群馬県警に移送された。留置場で短い夜を過したあと、取調をうけることになる。

高崎ナンバーの覆面パトカーを見送り、鮫島は歩きだした。「ママフォース」に向かう。

扉を押すと、二人の客がカウンターにいた。六十代のベレー帽をかぶった男と、長身で髪をボブカットにした女だ。男は昔からの常連で、イラストレーターの田中《たなか》という。

「こんばんは、先生」

「お、久しぶり」

田中はご機嫌な口調で答えた。

「今日は珍しい夜だよ。『ママフォース』にこんな美人がいるなんて」

女が首を回し、田中と鮫島に微笑《ほほえ》んだ。

「ずっとわたしをほめているんです。光栄です」

「先生と会うのは初めてなのよね、安《あん》さんは」

ママがいった。

「アンさんというのか。美人にぴったりの名だ」

田中が頷《うなず》いた。

「安全の安と書きます」

「うん？」

「中国の方よ。前に中川《なかがわ》さんとみえたの。神保町《じんぼうちょう》で翻訳事務所をやってる」

「ああ。あの水滸伝《すいこでん》の話をえんえんとしておった人」

「はい。わたし、中川さんの会社で働いています」

「そうなんだ。『ママフォース』も国際的になったな」

鮫島は、田中とは反対側の、安の左隣に腰をおろした。ママに頷いてみせる。ママがジェイムスンの水割りを作った。

安の前にはジントニックのグラスがあった。

「程はさっき高崎に連れていかれました。いただいたメールのおかげです」

水割りをひと口飲み、鮫島はいった。

「よかったです。役に立って」

安は低い声で答えた。上半身にぴったりフィットしたセーターに革のスカートを着け、ブーツをはいている。百七十センチ近い長身に似合っていた。初めて会ったとき、ママがモデルのような体型だといっていた。

色が白く、口紅以外の化粧をほとんどしていないように見えるが、スタイルのよさもあって、人目を惹《ひ》く。

「あなたにお世話になるのは二度めだ」

「お礼です」

三ヵ月前、やはり鮫島の携帯電話に彼女からメールが入った。歌舞伎町《かぶきちょう》二丁目のビルの改修工事現場事務所で、昼の二時、覚せい剤の受け渡しがおこなわれる、という内容だった。受け渡しにかかわっていたのは、工事の現場監督と中国人の運び屋だった。その情報をもとに内偵した鮫島は、四人を逮捕し、二百グラムの覚せい剤を押収した。

「翻訳事務所で働いているわりには顔が広い」

鮫島はいった。田中は、ベレー帽の下に残った髪の量について、ママと話しこんでいる。

多いです」

「今の仕事をする前は、わたしいろいろなことをしていました。だからお友だちが

安の日本語にはほとんど訛《なまり》がない。初めて会う者はたいてい日本人と思う。鮫島もそうだった。常連の中川という翻訳業者に連れられてきて、会ったのが半年前だ。

その一ヵ月後、「ママフォース」を訪れるためにゴールデン街に近い路地を歩いていたとき、酔っぱらいにからまれている安を助けた。安は「ママフォース」をひとりで訪れた帰りだった。

酒が好きで、ひとりで飲みにいける店を捜していて、中川に紹介されたのを機に、「ママフォース」にきたのだという。

お礼をいいたいからと、ママに鮫島のメールアドレスを訊《たず》ね、教えてもいいかと訊かれて了承した。お礼のメールのあと、次にきたメールが、歌舞伎町の覚せい剤受け渡しを知らせる内容だった。その間、安とは「ママフォース」で、一度会ったきりだ。安がくるのは、たいてい早い時間、午後八時前後で、鮫島が足を向けるのは夜中過ぎが多い。

半信半疑の鮫島は、工事現場を張りこみ、以前から運び屋としてマークしていた中国人の男が入っていくのを見て、安のメールを信じる気になった。

「従姉の方に迷惑はかからないと思うが、もし嫌がらせとかをされるようなことがあったら知らせて下さい」

「大丈夫です」

安は鮫島を見やり微笑んだ。きれいな歯並びだった。

「玉蘭」は、中国本土からやってきた者が新宿で商売を始めた、いわゆる「新華僑」の中でも、老舗に属する店だった。一九九〇年代の半ば頃に大久保通りに面した小さな店舗でスタートし、その後、今の位置に移って三階だてのビルをかまえた。当初は中国人の客を相手にしていたが、今は日本人、さらには中国からの観光客も訪れるような有名店となっている。

経営者の趙峰岩《ちょうほうがん》の妻、賀慶紅《がけいこう》が安の母方の従姉なのだと前に聞かされたことがあった。

鮫島自身が足を運んだことはないが、刑事課が忘年会を二度開いている店だった。つまり警察に〝協力的〟なのだ。値段をいくらかまけてもらったり、サービスで紹興酒《しょうこうしゅ》のボトルをだしてもらったりということがあってもおかしくない。

「ご協力いただくのはたいへんありがたいですが、今後はもう、こういうことはなさらないで下さい」

鮫島は告げた。安の笑みが消えた。

「迷惑ですか」

「そうではありません。しかしそのうち誰かが、あなたのことに気づくかもしれない。顔が広いとなれば尚《なお》さらだ」

「わたしのことに気づくとは、どういう意味ですか」

「工事現場にクスリを運んでいた男は、どうして自分のことがばれたか理解できないようでした。夜とちがって昼間の歌舞伎町はパトロールも少ない。私が偶然見かけたのだというと、信じられないようすでした。誰かが知らせたと考え、それが誰なのか仲間に調べさせるかもしれない」

「そんなことですか」

安は笑い声をたてた。

「わたしは大丈夫です。昔のわたしを知っている人は、もう少ない」

「だったらどうしてああいう情報が入るのですか」

「偶然です。わたしは鮫島さんにお礼をしたい。でもご飯やお酒をご馳走《ちそう》したらいけないと思いました」

鮫島は苦笑した。

「ご馳走になったらまずいのは、安さんが何か悪いことをしていて、引きかえに見逃してくれという場合です。何か犯罪にかかわっていますか」

安は首をふった。

「わたしの仕事は、ビジネス文書の翻訳です。それは犯罪ですか」

「たぶんちがうでしょう」

「じゃあ、ご飯、いいですか」

鮫島は安を見つめた。安の表情は真剣だった。

「わたしは鮫島さんに興味があります」

「どんな興味です？」

「鮫島さんは中国人のことをどう思いますか」

「どうとは？」

「嫌いではないですか」

「別にどちらでもありません。中国には日本を嫌いな人が多いと聞きますが、日本でそういう中国人には会ったことはない」

「中国人は悪いことをすると思っている人は警察に多くありませんか」

「それは警官にとって犯罪者はお得意さんのようなものだからです。日本人であっても何人《なにじん》であっても、仕事で接するのはたいてい犯罪に関係している人間です。逆にいえば、日本人だろうと中国人だろうと、まっとうな人と会う機会が少ない。だからといって、中国人を見たら必ず犯罪を疑うような間抜けは、そうはいません」

「間抜け？」

「警官は訓練をうけます。犯罪にかかわっている人間には特有の仕草や雰囲気がある。これは国籍には関係ありません。何人《なにじん》であろうと、そういうものを感じたときには注意して観察し、ときには質問をします。それに昔ならいざ知らず、今は外見だけで中国人だとはわからないことが多い」

「わたしは、日本にきて八年です。今は少なくなったけれど、きた頃は、毎日、中国人の犯罪がニュースになっていました。とても腹が立ちました。ちゃんとした中国人もいっぱいいるのに、そういう人たちのせいで、中国人は疑われる。でもどうしようもありませんでした」

「嫌な思いをしたんですか」

「数えきれないです」

安は平然と答えた。

「売春婦とまちがわれたことが何度もあります。友だちと食事をしようとしたら、日本人がいっしょでなければ駄目だといわれました」

鮫島は息を吐いた。

「新宿によくきていたのですか」

「初めの頃は、新宿には中国人がたくさんいるので、何かあったら安心だと思ったんです。そういう人は多かったと思います。でもあるときから、新宿にいくのを考えるようになりました。新宿の中国人というだけで、変な目で見られる」

「なるほど」

「嫌なら帰ればいい、という人もいます。日本人だけではないです。中国人にもいます。でも、日本のことは好きです。日本人にも好きな人います。嫌いな人もいますが」

「それがふつうではないですか。何人《なにじん》だから嫌いという考え方は、私もしません」

安は頷いた。

「わかってもらいたいことがあります。日本にいる限り、外国人のわたしには不安の気持があります。突然、中国人なんかでていけといわれるのではないか。中国にいる日本人も同じだと思いますが」

鮫島はグラスを掲げた。

「日本人だ、中国人だ、という話はやめませんか。ここは酒場です。もっと気楽な話をしましょう」

「わかりました」

安もグラスを掲げた。

「わたしは鮫島さんと友だちになりたいです。いいですか」

「もうなっています」

鮫島は答えた。

一週間後、安からメールがきた。六本木の国立新美術館で開かれている絵画展にいかないかという内容だった。指定された日は、美術館の開いている時間にはいけそうもない、と返信すると、夕食はどうかと訊ねられた。夕食は大丈夫だ、と鮫島は返した。


店は安が選んだ。鮮魚がおいしいという居酒屋だった。日本食にはまったく抵抗がないようすで、安は刺し身も煮魚も平らげ、熱燗《あつかん》を飲んだ。

「わたしは北京《ペキン》の南東にある天津《テイエンジン》というところで生まれました。日本の人は天津というと、必ず栗《くり》といいます。日本の企業がいっぱい進出しています。鮫島さんは中国にいったことはありますか」

「ありません」

「一度いくべきです。上海《シャンハイ》じゃなくて北京がいいです。上海はもう、古い街がほとんどない。北京には少し残っています。日本の人が見ても、なんとなく懐しいと思う」

居酒屋は麻布十番《あざぶじゅうばん》にあった。安は何度かきたことがあるようだ。

「鮫島さんはどこの生まれですか」

「生まれたのは静岡《しずおか》ですが、父親の仕事の都合で、あちこちで育ちました。主に関東圏ですが」

「お父さんは仕事は何をしていましたか」

「新聞記者でした」

「本をたくさん読みましたか」

「家にはたくさんありました。実際読んでいたかどうかは知りませんが、本を買ってくるのは好きでした」

「わたしは天津の大学をでて、日本の大学にきました。最初の二年がいちばんたいへんでした。いっぱいアルバイトをしました。そのときにいろいろな友だちができたんです。日本の男の人ともつきあいました」

「うまくいかなかった？」

「最初はすごくうまくいきました。結婚したいと思いました。でも、駄目でした」

安は肩をすくめた。事情があるようだ。鮫島は訊かなかった。

居酒屋をでた。知っているバーが近くにある、と安はいい、歩き始めた。

麻布十番のメインストリートを元麻布《もとあざぶ》の方向に折れた。人通りが少なくなる。

「スイシェン!」

いきなり声がして、安は足を止めた。あたりを見回す。鮫島は気づいた。声は十メートルほど前方に止まった車の中からかけられたのだ。品川《しながわ》ナンバーの銀色のセダンだった。

安の顔に怯《おび》えがあった。セダンの中に男がひとりいた。

「知り合いですか」

安は頷いた。

「でも、今は会いたくない人です」

セダンのドアを開け、男が降りた。スーツを着て眼鏡をかけている。

「ごめんなさい、待ってて下さい」

安が小走りで男に近寄った。低い声で話し始める。しかたなく鮫島は視線をそらした。

セダンを見つめていて、気づいた。ただの乗用車ではなかった。

やがて男がセダンに乗りこんだ。運転席にすわった男は、鮫島の顔をにらみつけながら走り去った。

バーは、そこから五十メートルほどいったマンションの二階にあった。店名の表示がなかった。扉の内側に立っていたボーイは、安の顔を見ると無言で開いた。鮫島は入口で立ち止まると、店の中をうかがった。違法すれすれの暗さで、ボックスは小部屋のように仕切られている。

「ここは、やめましょう」

先に進んでいた安の足が止まった。ふりかえる。

「なぜ、ですか」

「暗すぎる」

「暗いと落ちつかないですか」

「ええ」

鮫島は頷いた。安の目が鮫島の目をのぞきこんだ。

「わたしはここが好きです。暗いと安心します」

鮫島は黙っていた。やがて安はほっと息を吐いた。

「わかりました。他の店にしましょう」

芋洗坂《いもあらいざか》を登り、六本木駅に近い、雑居ビルの中にあるバーに落ちついた。サラリーマンやOLの客でにぎわっていた。

「怒っていますか」

安が届いたグラスに目を向けたまま、訊ねた。ここでもジントニックだった。

「何をです？」

「さっき男の人と話したこと」

「それは怒る理由にはなりません。誰でもどこかで知り合いにばったり会うことはあります」

「じゃあ、あの店はなぜ駄目でしたか」

鮫島は安を見やった。

「何となく、です」

「何となく？」

安はくりかえし、首を傾《かし》げた。

「鮫島さんらしくないです。何となく……」

鮫島は正面を見た。壁に貼られた安っぽい鏡に、隣りあってすわる鮫島と安が映っている。

「さっき会った人ですが、私と同じ仕事をしていますね」

鏡の中の安がわずかに目をみひらいた。

「知っている人ですか」

「いいえ。しかし乗っている車でわかりました。あれは捜査に使うものです」

安は無言になった。やがていった。

「あの人とは仕事で知り合いました。中国語の書類を日本語に翻訳してほしいと頼まれました。そのあと何回か、ご飯を食べて、お酒を飲みにいきました。でもわたしはそれ以上興味がなかったので、誘われても断わりました」

「なるほど」

「あの人は、鮫島さんとはちがいます」

「どう、ちがうのです?」

「鮫島さんはエリートでしょう」

「エリート?」

「『ママフォース』のママから聞きました。とても難しい試験に合格している」

「合格はしていますが、エリートじゃありません。むしろその逆です。エリートがタイプなら、私はちがう」

安は首をふった。

「そこにとても惹かれました。エリートになれたのにならなかった」

「ならなかったのではなく、なれなかったのです」

「どうして?」

「それは話すと長くなるし、酒には合わない」

鮫島はいって、水割りを干した。お代わりを頼んだ。

「嫌いですか、警察を」

鏡の中で安が見つめていた。

「微妙な質問ですね。警察官という職業は好きだ、と答えておきます」

「戻りたいですか、エリートのコースに」

「ストレートな質問ですね」

安が鮫島の腕に手をかけた。

「わたしは鮫島さんの役に立ちたいです。鮫島さんがエリートコースに戻りたいのなら手伝います」

鮫島は煙草に火をつけた。

「私のことを調べましたか」

ため息とともに質問を吐いた。

「少し」

「協力者にできると思った?」

返事はなかった。鮫島は安を見た。安は再び手もとのグラスに目を落としていた。

「わたしは悲しいです」

低い声でいった。

「鮫島さんと仲よくなりたかった」

「だったらなぜ、さっきのような店に連れていこうとしたんです？　あそこにはカメラがしかけてある。ちがいますか」

「ごめんなさい」

鮫島は深々と息を吸いこんだ。

「焦らなければうまくいったかもしれない。あなたが焦ったのか、それとも焦った人が他にいたのか」

「わたしが焦りました。早く仲よくなりたかったから。あの店にいっても、カメラは回さないでというつもりでした」

「あなたの下の名は、容明《ようめい》。スイシェンとは読まない」

「スイシェンはニックネームです。花の水仙」

「それならぴったりだ」

安は黙っていた。やがて思いつめたような口調でいった。

「駄目ですか。わたしは鮫島さんが偉くなるお手伝いがしたい」

鮫島は息を吐いた。

「きっと時間をかけて準備をしたんでしょう。ですが、最初からまちがった人間をあなたは選んだ。あなたたちは、というべきか。私にどんな手柄を立てさせても、キャリアのコースに戻ることはありえない」

「警察に復讐《ふくしゅう》したいとは思いませんか。こんなに立派で優秀なあなたに、無駄な人生を過させている」

「無駄だとは思いません。いったでしょう、警官の仕事は好きだ」

「でも、鮫島さんはもっともっと偉くなっていい人だとわたしは思います」

鮫島は首をふった。

「鮫島さんの邪魔をしている人たちに、仕返しをしてやりたいとは思わないですか」

「もうしていますよ」

安は瞬きした。

「私が今の場所にいて、全力で仕事をすることが、彼らへの、何よりの復讐です」

鮫島は立ちあがった。安に告げた。

「さようなら。もう二度と会うことはないでしょう」

十日後、久しぶりに「ママフォース」を訪ねると、スーツを着た男たちが現われた。「ママフォース」を張りこんでいたようだ。安からはその後二度とメールはこなかった。

「鮫島さん、よろしいですか」

二人は両側から鮫島をはさむようにしてすわった。他に客はいなかった。鮫島は男たちを交互に見た。

「どこだ」

「公総（公安総務）です」

答えて、右側の男が写真をだした。ママに見せる。

「この女性は、最近、こちらのお店にきていますか」

鮫島は苦笑した。

「何を笑っているんです」

左側の男のほうが若かった。むっとしたようだ。

「公総は、あいかわらず捜査のしかたが下手だ」

「何だと」

鮫島は煙草に火をつけた。

「もう、とっくに日本にいない筈《はず》だ。それをわざわざ訊くからだ」

「安さん？」

ママが写真を見つめた。

「きてないわよ、ずっと」

「だからいったろう」

鮫島は告げた。左側の男がいった。

「現在、我々が事情聴取をしている人間から、あんたが彼女といっしょにいるところを見たという話がでた。安全部が情報収集に使っているバーに入ったそうだな」

「入口でひき返した。怪しい感じがしたんで」

「交際していたのか」

「ここで会ったのが三回、食事をして酒を飲んだのが一回、それだけだ」

「どういうこと？」

ママが訊ねた。

「この女性は『水仙』というコードネームの、中国国家安全部の人間です。警察情報を得るために、何人かの警察官に接近していた」

「まあ」

「彼女とのやりとりは、全部ＩＣレコーダーに録音して、それをプリントアウトしたものといっしょに、上司に預けてある」

鮫島はいった。右側の男がわずかに驚いたように目をみひらいた。

「知っていたのですか」

「途中から疑った。彼女の誘いにのる気はなかったが、会って話したのを理由に、君らのような連中にいいがかりをつけられるのはごめんだと思った」

「いいがかりとは何だ。中国のスパイと接触しておいて、報告しなかったのはあんただろう」

左側の男が激昂《げきこう》した。鮫島は男を見た。

「俺の所属は、生活安全で公安じゃない。報告書は、上司を通じて生活安全部長に届いている筈だ。何か、問題があるか」

男は顔をまっ赤にした。

「けっこうです」

右側の男がいって、立ちあがった。ママを見つめ、

「この件はご内聞に」

と告げた。左側の男は鮫島をにらみつけながら、「ママフォース」をでていった。

「中川さんは知ってたのかしら」

ママが驚きのさめない口調でつぶやいた。

「彼も、もとは日本人じゃない。帰化する前は、周伯雄《しゅうはくゆう》といった。彼の会社じたいが、中国情報機関の隠れみのだった」

「嘘！」

「黙っててすまなかった。彼女と二度めに会ったあと、調べた」

「二度めって、あの酔っぱらいにからまれてたのをあんたが助けたってときでしょう」

鮫島は頷いた。

「このへんで見るタイプの酔っぱらいじゃなかった。奇妙な話だが、サラリーマンの格好をしていると、日本人かそうじゃないかがかえってよくわかるんだ」

「どういうこと？」

「中国人女性が、日本人のフリをした中国人にからまれている。ちょうど通りかかったのが俺だ。妙だと思うだろう」

「あんたって」

ママがつぶやいて首をふった。

「本当に食えないデカね」

解説

西上心太《にしがみしんた》

警察小説アンソロジー『矜持《きょうじ》』をお届けします。警察小説の初心者にもなじみやすく、警察小説のマニアも満足できる、ベテラン作家の作品を選びました。

警察小説の歴史を詳述しますと長くなるので省きますが、警察官が中心キャラクターになる作品は、日本でもずいぶん前から書かれていました。肩書きが警察官というだけで、実際は名探偵に等しい存在である例も多々あります。戦後間もなく発表された角田喜久雄《つのだきくお》の本格ミステリー『高木家の惨劇』に登場する加賀美敬介捜査一課長や、島田荘司《しまだそうじ》の『寝台特急「はやぶさ」1／60秒の壁』以降、多数の作品に登場する吉敷竹史刑事、西村京太郎《にしむらきょうたろう》のトラベルミステリーでおなじみの十津川警部などがその一例です。しかしこれらは、警察官による捜査がストーリーの柱であっても、警察小説と呼ぶにはあまりふさわしくない作品群でしょう。

悪徳警官の行動を中心にすえたり、刑事たちの集団による捜査が主体となる小説こそが、本来警察小説と呼ばれるジャンルではないかと思っています。一九五〇年代から書き継がれた藤原審爾《ふじわらしんじ》の新宿警察シリーズや、島田一男《しまだかずお》の庄司部長刑事シリーズなどが、本邦の警察（捜査）小説のさきがけではないでしょうか。悪徳警官ものでは六三年の結城昌治《ゆうきしょうじ》『夜の終る時』が強烈な印象を残しました。

各編の解題《かいだい》の際に詳述しますが、八〇年代後半にかけて本書に収録した大沢在《おおさわあり》昌《まさ》、黒川博行《くろかわひろゆき》、今野敏《こんのびん》という面々が、それぞれ警察小説を書き始め、頭角をあらわし始めます。しかしそれは各々の作品への評価でした。警察小説というジャンルそのものが注目を集めるようになったのは、九〇年代後半の横山秀夫《よこやまひでお》の登場だったと思っています。第五回松本清張《まつもとせいちょう》賞受賞作がタイトルの『陰の季節』（九八年）、同じく第五十三回日本推理作家協会賞短編部門受賞作がタイトルの『動機』（二〇〇〇年）が好評をもって迎えられたのです。横山作品の特徴は、警察による捜査の過程を描くだけでなく、警察組織内の政治や人間関係にスポットを当てることにより、警察小説自体の枠組みを大きく広げたことです。

横山秀夫の高評価が定まった二〇〇〇年代以降、警察小説を手がける書き手が爆発的に増え、またその人気も一向に衰《おとろ》える兆《きざ》しがありません。おそらくこの流れはまだまだ続くでしょう。いまこうしている時も、新しい警察小説が生まれているに違いありません。このアンソロジーをきっかけに、警察小説の面白さ、楽しさを体感していただければ幸いです。

解題

「織火」今野敏

今野敏は一九五五年生まれ。一九七八年に「怪物が街にやってくる」で第四回問題小説新人賞を受賞した。最初の著書『ジャズ水滸伝』（八二年、〇九年に『奏者水滸伝 阿羅漢集結編』に改題）を上梓《じょうし》して以来、伝奇アクション小説、SF、武道アクション小説などに健筆をふるう。八八年に現在も続く安積《あずみ》警部補が活躍する警察小説を発表。以後も警察小説だけでも十指に余るほどのシリーズを書き続けている。

安積シリーズと並んで注目すべきなのが、隠蔽《いんぺい》捜査シリーズだろう。警察庁のキャリアを主人公にした異色の警察小説は大評判を呼び、長編八作、短編集二作を数え、現在も継続中の大人気シリーズとなった。第一作の『隠蔽捜査』（〇五年）では第二十七回吉川英治《よしかわえいじ》文学新人賞、二作目の『果断 隠蔽捜査2』（〇七年）では第二十一回山本周五郎《やまもとしゅうごろう》賞と第六十一回日本推理作家協会賞を受賞している。

安積警部補シリーズは先述したように三十年以上にわたって書き継がれているシ

リーズで、テレビドラマ化がきっかけとなり、大きな人気を得たことも記憶に新しい。これまで長編と短編集をあわせ十九作が上梓されている。

本作は『道標《どうひょう》　東京湾臨海署安積班』（一七年）に収録された作品。同書は安積剛志《つよし》の警察学校時代から、現在に至るまでの折々を描いた短編集だ。本作は地域課の制服巡査だった時の実績を認められ、初めて刑事課に配属された安積を描いた作品だ。刑事になってすぐに、半グレ同士の傷害事件が起きる。加害者も割れ自白も取れたが、ただ独り納得していないのが新人刑事の安積だった。先輩といえども忖《そん》度《たく》せずに事件に対する疑問を主張する安積。後年の彼を予見させる好短編である。

「遺恨」佐々木譲

佐々木譲《ささきじょう》は一九五〇年生まれ。一九七九年に「鉄騎兵、跳んだ」で第五十五回オール讀物新人賞を受賞。初期のころは青春小説やサスペンス小説などが目立ったが、八八年、後に第二次大戦シリーズと呼ばれる『ベルリン飛行指令』で一躍注目を集める。その三部作の二作目にあたる『エトロフ発緊急電』（八九年）で第四十三回日本推理作家協会賞を受賞。故郷である北海道を舞台にした幕末時代小説も話題を呼ぶ。北海道警察の大スキャンダル（稲葉《いなば》事件）を題材に取り入れた『笑う警官』（〇四年、『うたう警官』を〇七年に改題）で、警察小説を手がけるようになった。この道警シリーズは現在まで九作を数える人気シリーズとなった。

他の警察小説シリーズには戦後から現代にかけて、親子三代にわたる警察官一家の軌跡を描いた、大河警察官小説の傑作『警官の血』(〇七年)とその続編『警官の条件』(一一年)、未解決事件を捜査する過程で、古い時代の東京という街の〈地層〉をもあぶりだす『地層捜査』(一二年)、『代官山コールドケース』(一三年)、日露戦争に負けた大正時代の日本という、改変された歴史を背景とした異色の警察小説『抵抗都市』(一九年)がある。

本作は道警スキャンダルの余波で、道警の腕利き刑事でありながら、地方の駐在所へ異動させられた川久保《かわくぼ》篤《あつし》巡査部長が登場する。

駐在所の受持ち区域の中では最大手の酪農家の主人が惨殺《ざんさつ》され、牧場に雇われていた三人の中国人研修生と車が消えていた。誰もが逃亡した研修生が犯人と思う中、川久保は地元の事情通の話から、ある仮説を組み立てていく。

本作が収録されている『制服捜査』(〇六年)は、それぞれ独立した短編としても読めるが、全作を通して町の秘密が浮かび上がる趣向が凝らされているので、ぜひとも全編にトライしていただきたい。なお川久保が再登場する『暴雪圏』(〇九年)は雪嵐の中で、往年の西部劇を髣髴《ほうふつ》させるアクションが展開される快作である。

「帰り道は遠かった」黒川博行

黒川博行は一九四九年生まれ。八三年に『二度のお別れ』が第一回サントリーミステリー大賞の佳作になり、小説家デビューを果たした。後に『キャッツアイころがった』（八六年）で第四回の同賞の大賞を受賞している。デビュー以来、作者が力を入れてきたのが、これらを含む大阪府警捜査一課の刑事たちの活躍を描いたシリーズである。出版される版元によって、ある時は主役の刑事が脇に回ったり、一作ごとにめまぐるしい。このシリーズは〇三年から〇六年にかけて、創元推理文庫から〈黒川博行警察小説コレクション〉として初期の十作品が刊行されているので参照してほしい。同じシリーズの短編「カウント・プラン」で第四十九回日本推理作家協会賞を受賞。イケイケヤクザと、建設コンサルタントがコンビを組む『疫病神』（九七年）に始まる疫病神シリーズが高い人気を博し、五作目の『破門』（一四年）で第一五一回直木賞を受賞した。悪徳刑事コンビを描いた『悪果』（一七年）に始まる堀内・伊達シリーズもある。

本作は初期十作の後に出た短編集『てとろどときしん　大阪府警・捜査一課事件報告書』に収録された作品だ。河川敷《かせんしき》から車内が血まみれになったタクシーが発見される。売上金は奪われ運転手の姿もない。この事件に挑むのが、黒マメコンビと呼ばれる二人の刑事だ。適当にサボり、夜遊びをくり返しながら、二人は複雑な様相を呈していく事件に肉薄するが……。
他の作品にも共通する関西弁の絶妙なやりとりと、捻《ひね》りのきいたプロットが楽しめる。

「死の初速」安東能明

安東能明《あんどうよしあき》は一九五六年生まれ。第七回日本推理サスペンス大賞優秀作となった『死が舞い降りた』（「褐色の標的」を改題）で、九四年にデビュー。二〇〇〇年に『鬼子母神』で第一回ホラーサスペンス大賞特別賞を受賞。『漂流トラック』（〇一年）、『箱根強奪駅伝』（〇三年）など個性的な作品を発表してきた後に、一〇年に「随監」で第六十三回日本推理作家協会賞短編部門を受賞した。この前後から精力的に警察小説を執筆。「随監」が収録されている『撃てない警官』（一〇年）から始まるのが柴崎令司シリーズだ。エリートだった柴崎が上司に陥れられ、所轄《しよかつ》署に左遷《させん》させられ、何でも屋の警務課長代理として、不慣れな業務に向き合う。地域課と交通課の制服組だった結城公一が、四十歳にして初めて刑事に異動することになるのが『聖域捜査』（一〇年）に始まる生活安全特捜隊シリーズだ。その他、歌舞伎町が主な舞台となる夜の署長シリーズなど、多数のシリーズを書き分けている。

本作は元高校の物理教師だった神村五郎《かみむらごろう》が登場するシリーズの一編で、『虹の不在　第Ⅱ捜査官』（一七年）に収録されている。神村は三十八歳の巡査長に過ぎないが、図抜けた捜査能力の持ち主のため、署内で一目置かれ、署長に次ぐ発言力があることから第二捜査官と呼ばれている。教え子だった新米女性刑事の西尾美加《にしおみか》とコンビを組んでいる。平凡なマンションからの飛降り自殺とみられた事件だったが、物理の法則から見て不自然な遺体の様子から、思わぬ真相を導き出す。同じ光景を見ても他人と違う結論にたどりつく、神村の捜査の過程が光る。

「悩み多き人生」　逢坂　剛

逢坂剛《おうさかごう》は一九四三年生まれ。八〇年に「暗殺者グラナダに死す」で第十九回オール讀物推理小説新人賞を受賞してデビュー。初の著作である『裏切りの日日』（八一年）は警察小説と本格ミステリーでも稀《まれ》な大胆なトリックを融合させた作品だった。八七年にはスペインを舞台にした冒険小説『カディスの赤い星』で第九十六回直木賞、第四十回日本推理作家協会賞を受賞。前年に上梓された『百舌《もず》の叫ぶ夜』は公安警察の刑事と、謎の暗殺者がからむ意欲作で大きな話題を呼び、『百舌落とし』（一九年）まで七作を数えるシリーズになっている（その前日譚《ぜんじつたん》になる『裏切りの日日』を入れると八作）。他の警察小説には、凄《すさ》まじい悪徳刑事が登場する

『禿鷹《はげたか》の夜』（二〇〇〇年）に始まる禿鷹シリーズ全五作がある。

本作品は、御茶ノ水警察署シリーズと呼ばれる、他のシリーズとは正反対のユーモアものだ。御茶ノ水警察署生活安全課保安二係の係長・斉木斉《さいきひとし》巡査部長と梢田《こずえだ》威《たけし》巡査長という、小学校時代からの同級生コンビが登場する。このシリーズは九七年の『しのびよる月』から一三年の唯一の長編『大迷走』まで、五作品がある。

本作は二作目の『配達される女』（〇〇年）の巻頭に収録された作品だ。

警視庁から御茶ノ水署生活安全課に、新しい署員が配属されることがわかる。そんなおり、様子のおかしい斉木の後を尾《つ》けた梢田は、斉木が神田神保町《かんだじんぼうちょう》の古書店で働く派手な化粧の女性に一目惚《ひとめぼ》れしたことを知るのだった。

斉木の恋の行方と、新たなレギュラーが登場する、興味深い一編だ。定点観測も兼ねていると作者が語っているように、執筆当時の現実に則したこの界隈（御茶ノ水や神田神保町）の描写は貴重である。

「水仙」大沢在昌

大沢在昌は一九五六年生まれ。七九年に「感傷の街角」で第一回小説推理新人賞を受賞してデビューした。初の著作が、同作に登場する佐久間《さくま》公が主人公を務める『標的走路』（八〇年）である。作者と同世代の若き調査員を登場させたハードボイルド小説は新鮮だった。だが最も注目を集め、一躍ベストセラー作家の座に押し上げた作品が、鮫島《さめじま》警部が登場する『新宿鮫』（九〇年）であろう。キャリア警察官でありながら、警察の異分子としてずっと新宿署生活安全課にとどめおかれている。だが新宿のヤクザからは、新宿鮫と恐れられる一匹狼の刑事なのだ。同書で第十二回吉川英治文学新人賞、第四十四回日本推理作家協会賞を、四作目の『無間人形　新宿鮫Ⅳ』（九三年）で第一一〇回直木賞を受賞するなど、作者にとってエポックメーキングなシリーズとなった。同シリーズはおよそ三十年にわたって書き継がれ、十一作目の『暗約領域　新宿鮫Ⅺ』（一九年）が最新作となっている。「水仙」は唯一の短編集である『鮫島の貌《かお》　新宿鮫短編集』（一二年）に収録されている。

殺人事件に関する重要な情報が、鮫島の元に寄せられるのが発端《ほったん》。その情報をもたらしたのは、翻訳事務所に勤務する中国人の美女だった。彼女とは行きつけの酒場で出会い、その後酔っぱらいにからまれているのを助けたのが、縁が深まるきっかけだった。謎めいた美女と鮫島の交流。その裏に隠された両者の思惑を描いた切れ味のよい短編だ。

以上の六編をお楽しみいただけましたでしょうか。いま、警察小説というジャンルには、多くの才能ある作家が集まり、ジャンルを深化させた作品、ジャンルの可能性や枠組みを広げた作品がどんどん増えています。手に取りやすいこのアンソロジーを入口にして、お気に入りの作家の短編集はもちろん長編小説に挑んでいただければ幸いです。

（文芸評論家）

〈出典〉

「熾火」今野 敏
『道標《どうひょう》 東京湾臨海署安積班』所収 ハルキ文庫
「遺恨」佐々木譲
『制服捜査』所収 新潮文庫
「帰り道は遠かった」黒川博行
『てとろどときしん 大阪府警・捜査一課事件報告書』所収 角川文庫
「死の初速」安東能明
『第Ⅱ捜査官 虹の不在』所収 徳間文庫
「悩み多き人生」逢坂 剛
『配達される女』所収 集英社文庫
「水仙」大沢在昌
『鮫島の貌《かお》 新宿鮫短編集』所収 光文社文庫

逢坂　剛（おうさか　ごう）
1943年、東京都生まれ。広告代理店勤務のかたわら、80年、「暗殺者グラナダに死す」でオール讀物推理小説新人賞を受賞し、作家デビュー。87年、『カディスの赤い星』で直木賞、日本推理作家協会賞、日本冒険小説協会大賞の三冠に輝く。その後も日本ミステリー文学大賞、吉川英治文学賞、毎日芸術賞を受賞。
著書に、『鏡影劇場』『平蔵の母』『百舌落とし』などがある。

大沢在昌（おおさわ　ありまさ）
1956年、愛知県生まれ。79年、『感傷の街角』で小説推理新人賞を受賞しデビュー。91年、『新宿鮫』で吉川英治文学新人賞と日本推理作家協会賞長編部門を受賞。94年、『無間人形 新宿鮫IV』で直木賞、2004年、『パンドラ・アイランド』で柴田錬三郎賞、10年、日本ミステリー文学大賞、14年、『海と月の迷路』で吉川英治文学賞を受賞。
著書に、『冬の狩人』『暗約領域 新宿鮫XI』『帰去来』などがある。

著者紹介

今野　敏（こんの　びん）

1955年、北海道生まれ。上智大学在学中の78年、『怪物が街にやってくる』で問題小説新人賞を受賞。卒業後、レコード会社勤務を経て作家に。2006年、『隠蔽捜査』で吉川英治文学新人賞、08年、『果断 隠蔽捜査2』で山本周五郎賞、日本推理作家協会賞、17年、「隠蔽捜査」シリーズで吉川英治文庫賞を受賞。

著書に、『オフマイク』『黙示』『任侠シネマ』などがある。

佐々木譲（ささき　じょう）

1950年、北海道生まれ。79年、「鉄騎兵、跳んだ」でオール讀物新人賞を受賞しデビュー。90年、『エトロフ発緊急電』で山本周五郎賞、日本推理作家協会賞、日本冒険小説協会大賞、2002年、『武揚伝』で新田次郎文学賞、10年、『廃墟に乞う』で直木賞、16年、日本ミステリー文学大賞を受賞。

著書に、『降るがいい』『図書館の子』『抵抗都市』などがある。

黒川博行（くろかわ　ひろゆき）

1949年、愛媛県生まれ。京都市立芸術大学美術学部彫刻科卒業。大阪府立高校の美術教師を経て、83年、『二度のお別れ』が第1回サントリーミステリー大賞佳作。86年、『キャッツアイころがった』で第4回サントリーミステリー大賞を受賞。96年、「カウント・プラン」で第49回日本推理作家協会賞（短編および連作短編集部門）を受賞。2014年、『破門』で第151回直木賞を受賞。

著書に、『桃源』『後妻業』『喧嘩』などがある。

安東能明（あんどう　よしあき）

1956年、静岡県生まれ。明治大学政治経済学部卒。94年、『死が舞い降りた』で第7回日本推理サスペンス大賞、2001年、『鬼子母神』で第1回ホラーサスペンス大賞特別賞、10年「随監」で第63回日本推理作家協会賞短篇部門を受賞。

著書に、『第Ⅱ捜査官　凍える炎』『消えた警官』『頂上捜査』などがある。

本書は、ＰＨＰ文芸文庫のオリジナル編集です。

編者紹介
西上心太（にしがみ　しんた）
文芸評論家。1957年生まれ。東京都荒川区出身。文芸評論家、ミステリ評論家。早稲田大学法学部卒。同大学在学中はワセダミステリクラブに在籍していた。主にミステリ作品の評論をしている。日本推理作家協会員でもあり、数々の推理小説で巻末解説を担当している。

ＰＨＰ文芸文庫　矜持《きょうじ》
警察小説傑作選

2021年1月21日　第1版第1刷
2021年3月2日　第1版第2刷

著　者　今野　敏　佐々木譲
黒川博行　安東能明
逢坂　剛　大沢在昌
編　者　西　上　心　太
発行者　後　藤　淳　一
発行所　株式会社ＰＨＰ研究所
東京本部　〒135-8137 江東区豊洲5-6-52
第三制作部　☎03-3520-9620(編集)
普及部　☎03-3520-9630(販売)
京都本部　〒601-8411 京都市南区西九条北ノ内町11
PHP INTERFACE　https://www.php.co.jp/
組　版　朝日メディアインターナショナル株式会社
印刷所　図書印刷株式会社
製本所　東京美術紙工協業組合

ISBN978-4-569-90100-8

PHP文芸文庫

あなたの不幸は蜜の味

イヤミス傑作選

宮部みゆき、辻村深月、小池真理子、沼田まほかる、新津きよみ、乃南アサ 著／細谷正充 編

いま旬の女性ミステリー作家による、「イヤミス」短編を集めたアンソロジー。見たくないと思いつつ、最後まで読まずにはいられません。

PHP文芸文庫

あなたに謎と幸福を

ハートフル・ミステリー傑作選

宮部みゆき、近藤史恵、加納朋子、矢崎存美、大崎　梢　著／細谷正充　編

いま人気の女性ミステリー作家によるハート・ウォーミングな短編を集めたアンソロジー。殺人がない、読後感がよい極上の作品が勢揃い。

PHP文芸文庫

世にもふしぎな動物園

小川洋子／鹿島田真希／白河三兎／似鳥　鶏／東川篤哉　著

動物がペンネームに隠れている作家が、その動物たちをテーマに短編小説を書いたら……。ミステリーから泣ける作品まで5作品を収録。

PHP文芸文庫

HappyBox

伊坂幸太郎／山本幸久／中山智幸／真梨幸子／小路幸也 著

あなたは「幸せになりたい人」or「幸せにしたい人」？ ペンネームに「幸」が付く5人の人気作家が幸せをテーマに綴った短編小説集。

PHP文芸文庫

第26回柴田錬三郎賞受賞作

夢幻花《むげんばな》

東野圭吾 著

殺された老人。手がかりは、黄色いアサガオだった。宿命を背負った者たちが織りなす人間ドラマ、深まる謎、衝撃の結末——。禁断の花をめぐるミステリ。

PHP文芸文庫

蒼の悔恨

堂場瞬一　著

神奈川県警捜査一課、「猟犬」と呼ばれる刑事・真崎薫。連続殺人犯を追い、雨の横浜で孤独な戦いが始まる。堂場警察小説の新境地。

PHP文芸文庫

7デイズ・ミッション

日韓特命捜査

五十嵐貴久 著

与えられたのは7日間！　麻薬王変死事件を追う韓国エリート女刑事と警視庁の新米男刑事が、衝突を繰り返しつつも辿り着いた真相とは。

PHP文芸文庫

逃亡刑事

中山七里 著

警官殺しの濡れ衣を着せられた、千葉県警捜査一課警部・高頭冴子。事件の目撃者の少年を連れて逃げる羽目になった彼女の運命は？